龍樓

航天名镇·追梦龙楼

有些美丽原本深藏，是在等待惊世的光芒点亮。比如龙楼。

一起去龙楼看卫星

Feel the satellite with me in Longlou

曾丹◎著

天地出版社 | TIANDI PRESS

图书在版编目（CIP）数据

一起去龙楼看卫星 / 曾丹著. —成都：天地出版社， 2017.10（2021年6月重印）
ISBN 978-7-5455-3189-3

Ⅰ. ①一… Ⅱ. ①曾… Ⅲ. ①游记—作品集—中国—当代 Ⅳ. ①I267.4

中国版本图书馆CIP数据核字（2017）第236486号

一起去龙楼看卫星

出品人　杨　政
著　者　曾　丹
责任编辑　杨永龙　朱迪婧
出版助理　岳　萱
装帧设计　森　纳
图片摄影　肖陈斌
责任印制　王学锋

出版发行　天地出版社
（成都市槐树街2号　邮政编码：610014）
网　址　http://www.tiandiph.com
http://www.天地出版社.com
电子邮箱　tiandicbs@vip.163.com
经　销　新华文轩出版传媒股份有限公司

印　刷　北京文昌阁彩色印刷有限责任公司
版　次　2017年10月第1版
印　次　2021年6月第3次印刷
成品尺寸　185mm×250mm　1/16
印　张　16.5
字　数　260千字
定　价　68.00元
书　号　ISBN 978-7-5455-3189-3

咨询电话：（028）87734639（总编室）
购书热线：（010）67693207（市场部）

龙楼，一个把“龙”留住的地方。它是海南岛最东端的一个滨海小镇，三面环海，面积不大，却有着 28 公里的海岸线。十年前，中国第四个卫星发射中心落户龙楼镇，冥冥中注定这是一个“巨龙”上天的地方；“长征七号”“长征五号”在这里相继成功发射，让这个默默无名的海边小渔镇一夜之间备受瞩目，潮水般的人群慕名而来。2017 年，它上榜央视“名扬世界的中国小镇”，位居第三名，更是将这样一个远在天涯海角的神奇小镇推送到更多人的眼前。

作为唯一可观看的滨海卫星发射场，卫星发射的震撼自然是独一无二的。那种身为中国人的自豪感、人类智慧的自豪感，让每一个人都热血沸腾。这种现场的感受，胜过无数堂爱国教育课。

如果你直奔着观看卫星发射而来，观看完之后就匆匆离去，那就要错过龙楼深藏的壮美了。

龙楼有太多惊奇等待世人发觉了。坐拥铜鼓岭国家级自然保护区、七洲列岛、大小澳湾、淇水湾、宝陵河、月亮湾、石头公园等独特的自然美景，龙楼可谓集山、海、河、湾、岛、石等自然精华为一体。而铜鼓岭是清晨第一缕阳光洒落海岛的地方，可以在岭上看云、看海、看霞、看日出和日落，可谓日从铜鼓升，梦自龙楼起。

世间所有美好的事物都应该为世人所发现，而本书的作者在机缘巧合之下来到龙楼，她发现了龙楼的壮美并被龙楼的风土人情、美景、美食所吸引，她用动人的文字、精美的图片把自己这一年来在龙楼游历、生活、创作、追梦的点点滴滴展现给世人。她用亲身经历和体验向我们描述龙楼的慢生活：上树摘椰子，自助做晚餐，醉酒顺发地，慢品鹧鸪茶，漫步在连接山、海、天的海边木栈道，在这里遇见知己畅谈理想、点评人生……

龙楼就是这样一个安逸的小城镇，既能立刻迸发举世瞩目的辉煌，又淡淡散发着内敛、低调、安逸、舒适、避世的妩媚气息，等待您来发现、爱上她，进而舍不得离开她。正如书中所描述的，一步之间，梦想咫尺。

就此开始吧。

龙楼 博润

目录

前言

寻找回来的南洋

所以南洋是有乡愁的。乡愁是生在血液里生生不息的。

龍樓

距离这本书的首次出版，已经过去两年了。这两年来，龙楼这座以卫星发射而闻名天下的海边小镇是安静的，又是不安静的。

这两年，我依然在不停地从北方的京城飞往这座我喜欢的小镇。心之所系，依然魂牵梦萦。

说它安静，是因为这两年来，种种原因吧，一直没有听到有卫星发射的消息，直到在我写这篇再版前言的2019年的年底，又一个新年到来之际，我们终于听见并即将看到又一颗俗称的“胖五”将从这里的海岸线腾空而起，再度惊艳世界。

说它不安静，是因为在龙楼的小镇上，另一个故事始终在静静地，却又坚韧无比地孕育、成长、含苞待放。它始终承载着一种责任的美好和传承，准备如期而来。

它就是南洋美丽汇。

也是这次再版和我写这篇前言的重要缘由。

对于龙楼小镇上每一个令人惊喜的变化我都不想放过。

更何况是关于南洋的。

自从很多年前跟海南结缘，南洋这个词就跟我走进的这片海岛紧密相连。它的影响、浸润和血脉无处不在，近到也许一次深呼吸，我们就能在内心深处感受到

这块土地和南洋有关联的每一处牵扯与连接。

我特别想这样说，事实上，海南就是南洋文化最原始的母址之一。那些当年无论是为了生存，为了梦想，还是为了躲避战乱而漂洋过海下南洋的前辈们，他们的出发点，都是海的这一头。

所以南洋是有乡愁的。

乡愁是生在血液里生生不息的。

所以他们总是要回来，无论衣锦还乡还是寻根问祖。他们总是在出走很多年以后，依然执着地带着子子孙孙不停地回到这片土地，寻找他们的母根和祖居，以慰乡愁。

可是，回来后，乡愁如何存放，寻根何处停留？那些过往的记忆和影像，那些因为回来而交融的南洋故事和文化记忆，在现代化的城镇建设与日新月异中，还有多少能留存下来，又去哪里找到和它们的共情点？！

那是历史，更是人文和人情。

不可或缺。不能失缺。

再说得发散一点。作为一个常来海南的人，这些年海南给到我强烈印象的，除了天赐的自然资源和纯朴的原生乡情，关于南洋，如果读过我的书，读者就会知道，还有我笔下“轻描淡写”遇见和触达过的记忆点：南洋馆里的穿堂风；烟雨繁华蔡家宅；铺前镇老街上的糟粕醋；“走马观花”去看过的文昌的四大古宅；还有，

因为美丽汇而“撞见”的十八行村。

都是和南洋有关，有南洋记忆的地方。

可是，它们是某种意义上的南洋，却又总是让我在寻找的路上怅然若失。它们散落在海岛不同的角落，正在顽强地和岁月做抗争，在斑驳的历史痕迹中努力呈现出坚韧的信仰，却始终在被新的浪潮和不断的改变中渐行渐远，在沉静和沉默中离我们越来越远，也越来越淡……

到底哪里能让我触摸到一种又新又旧的南洋故事和文化，可以让我穿越到那种映象，那种具象，那种身临其境，那种就算我去了海口著名的骑楼老街都无法替代和轮回的场景？

往日繁华，是乡愁，更是情怀。

所以，我们要把南洋找回来。要用一种方式把它凝固在我们的现代生活中，更要让南洋的情怀在新的生活方式中流畅和灵动起来。

这样我们的有些根和基才不会丢失，我们的文化血脉才是一直在贯通承载。

所以，当我看见“南洋美丽汇”这两年一点一点在龙楼这座小镇上以一种艺术的形式建造起来了，我唯有惊喜。

这座八万多平方米建筑的集结，不仅是楼群，不只是商业，它是南洋故事的荣归。

在这样的小镇上做这样的一件事，不光要有情怀和勇气，更需一种责无旁贷的责任心。一定是对这座海岛爱之深切，把自己的身心早已融化到这块土地的气息里，才会用一块一块建筑的砖和一片一片七彩的色，汇聚成这份属于南洋的美丽。

美丽汇即将完工的那段时间，我和我的摄影团队一直在那座变得越来越完整又美丽的商业道上来回。我们看了那些新的古迹里的旧的元素，想象一切，过去与未来，然后我们又去了每一个故事起始的原址，又去了骑楼。

在新旧之间穿行。用一根无形的爱的丝线牵回，用再现繁华来找回南洋。我们真的相信，此刻，这里，龙楼小镇上，除了卫星腾空升起一如既往地惊艳世界，还有另一种温暖的美丽，在我们转回头的目光里，在我们和龙楼共同生活的细节里。

那就是被寻找回来的南洋。

我愿意用我的前言，重新为我的书注入新的血液，认真掀开这页篇章。

何为“南洋”？

“南洋是明、清时期中国对东南亚一带的称呼，是以中国为中心的一个概念。南洋包括马来群岛、菲律宾群岛、印度尼西亚群岛，也包括中南半岛沿海、马来半岛等地。”

不知道把百度百科里关于南洋的地理解释放在这里恰不恰当。事实上，南洋在我们心里已不仅是一个地理名词，它传递和表达的更应该是一份厚重的历史，和一种年深月久的人文情怀。

更是乡愁。

01
海上烟花
绚烂时
那个时刻，全世界为龙楼停住目光，而我，正在经过龙楼的全世界。

2017 年 4 月 20 日，傍晚时分，我又在龙楼。在这座并不知名的海边小镇，等待全世界都在注目的卫星发射。

这是龙楼的第三次，也是我在龙楼现场观看卫星发射的第二次。上一次是在 2016 年的 11 月，网民们昵称“胖五”的发射。那一次，发射的是我们国家著名的“长征五号”，直径长达 5 米，起飞重量达 870 吨。那是意义非凡的一次远征，无论对于祖国，还是对这座并不为世人所知的海边小镇，以及在镇上所有亲临其境的人们。

从那一次开始，这座半年多前我甚至连听都没有听说过的海南岛上的滨海小镇的名字，就直接越过它的隶属市文昌，它的归属省海南，刻到我心里去了。

因为身临其境，我所知道的滨海卫星发射地，是龙楼。

是的，我对龙楼的第一次认知与刻印，是航天龙楼。这是毫不犹豫地凌驾于后来我所知晓的所有关于龙楼的别样风景之上的盛况与传奇。

回到 4 月 20 日晚上，时间指向 7 点 41 分，龙楼。天色已暗，搭载“天舟一号”货运飞船的“长征七号遥二”运载火箭准时发射，天空与海面刹那闪亮，近在眼前的火箭如一颗在夜空中燃烧的星辰，如约升起，划过我们欢呼和兴奋不已的面庞。

此刻此地，无论多少种声音与语言的表述，都只能用一种情绪的喷发才能淋

漓尽致地表达出来，那就是：祖国万岁！

这曾经伴随我们长大，曾经除了爸爸妈妈外，也许就是我们人生之初学会的第三个词，真的只有在此时此刻，在我们风霜与负重已久的岁月流年后，在我们已经不容易激动与感动的麻木呆滞中，重新焕发它原本的力量。

卫星升空，照亮海面，那几分钟的刹那光明，有如巨大的海上烟花绽放，更有如我们幼年时代曾闪亮过的烟花盛放，那份纯真与欢愉，是一样的，且更加纯净。

我们每一个在现场的人都确信，无论我们的人生在这之前有多少纠结，在那一瞬间，都能放下并消失得无影无踪。而我们的欢乐是透亮而干净的，如幼童般返璞归真的简单。

也许就是这种最简单的快乐，才会让我在那样的时刻，情不自禁回忆童年最快乐的场景，才会让一群成年人围坐海边，等待一个让自己感动跳跃的时刻，如孩童的节日。而深藏的对于祖国的热爱和内心紧闭已久的生命的澎湃，也终于可以如孩童般无所顾忌地释放。

这是我看到龙楼海上卫星发射的节日狂欢之外的心灵悸动。

是我的龙楼节日。

再一次回到4月20日的龙楼现场。

这一次我选择的是海边村的渔夫之家二楼平台，和一群认识的不认识的，还有刚认识的朋友们围坐一桌，一边喝着酒，一边吃着渔夫之家刚捕捞上岸的最新鲜的海鲜，一边等待。

如果不选择去更亲临其境的发射中心现场，那这里就是我半年来在龙楼探寻

到的最佳观看卫星发射的场地之一。

当然还有别处。

请让我慢慢带你走进龙楼的故事，一点一点来解读这座在卫星光芒照耀下被遗忘和忽视了的沉睡着的小镇吧。

有些美丽原本深藏，是在等待惊世的光芒点亮。

比如龙楼。

为了等待这次发射，我和村长早早就约好来这里，还约了旁边云卷云舒客栈的美女老板娘祝影。下午时分，坐在云卷云舒客栈外“亭亭玉立”的椰子树下闲聊时，还巧遇了祝影客栈里的住店客人——带着5岁的儿子专门来看卫星发射的一对年轻夫妻。

他们是从南京来的。江苏呢，家乡呢，我自来熟的性格加上自认的江南同乡的亲人感，让我主动邀请他们一起参加我们的卫星盛宴。

其实不管是在哪里，一群人，只要是因为一个共同的主题走到了一起，不管相识还是不相识，那个同样的目标，就是他们走近彼此最好的桥梁。

晚上6点，盛宴开席。又有新朋友来，华隆的葛总带着从海口赶来的太太也“闻香”“寻景”而来，那就一起坐下。盛宴开席，演出即将开始，属于龙楼的狂欢派对也即将启幕。

是的，当火箭腾飞，卫星划过天际，那就是属于龙楼的节日狂欢“派对”。

是龙楼在全世界面前被光芒点亮的时刻。

7点41分，“天舟一号”准时升空，面海绽放，另一种烟花再次绚烂，光芒瞬间照亮大海与天空。所有人的欢呼声从心底呼啸而出，无法抑制的狂喊与如约而至的欣喜响彻整个龙楼的夜空。

响彻全世界。

那个时刻，全世界为龙楼停住目光，而我，正在经过龙楼的全世界。

是时候说说
关于龙楼的故事了

是的，是时候说说龙楼的故事了。

当我经过了龙楼的全世界，当全世界看见了龙楼天空的美丽后，是时候让全世界为龙楼停留，来品味龙楼自己的灿烂和泥土的芳香了。

是怎样的土壤，才能酝酿并升起这样的繁景盛况？！在这样的土地上，流淌并扎根着怎样的风情与人文？！

世事万物，始终有因才有果。在这个多少年前就已经以海南本地话解释的龙楼，即为“龙来”一意的冥冥天意之地，前缘而后定。

如果说卫星是龙楼飞天的果，那龙楼就是航天扎地的根。

我们当然应该知道并解读关于龙楼的故事。

家乡人的“远见卓识”

不得不在这里提前夸夸南京老乡的“远见卓识”。

其实那天不是节假日，也不是周末，他们都是政府机关的在职工作人员，需要上班，他们5岁的儿子也在上幼儿园。我们现在都知道，幼儿园的孩子有时候比政府官员更难请到假，但是当我在饭桌上问起，为什么会在不是休息日的日子里专门飞来这里看卫星发射时，那位年轻的丈夫告诉我：“因为这样的机会比上班上学更难得啊！”

他微笑着说：“说句大话吧，我希望我的儿子从小就知道什么是祖国；再说句私心话，也许一次说走就走的卫星观看，会对他的人生有些不可预测的美好的影响。”

“一切都未可知，但当我偶然得知了这个事情，我心动了，为什么不行动？”

我问他：“你们以前来过海南吗？”

“没有。”

“来过文昌吗？”

“没有。”

“就这样直奔龙楼？”

“是，就这样直奔龙楼，就为了来看卫星发射。”

“我们把全家人的第一次海南岛旅行献给了龙楼的卫星发射。”他说，“这是更值得纪念的。”

他的话忽然让我有点惭愧了。我想起这次海南之行前，我是那么想说服我在北京的几个好朋友能和我同行，想让他们和我一起来真真切切地感受那一刹那的震撼与感动。每一个人都动心了，最后成行的却只有我一个人。

多少年过去，我身边的朋友们，为什么却始终没有毅然决然放下眼前苟且瞬间就决定远行的勇气与毅力？！

是我的问题，还是城市里大多数人共同的问题？

我不知道。

02
第一次知道龙楼，
在逃离北京的那个九月
那个时候的北京，似乎每个人都在寻找暂时逃离的理由与机会。

时间回到2016年的9月，北京。

那个记忆里的京城，和京城人民手机里朋友圈铺天盖地被淹没的各种消息发布，除了雾霾，还是雾霾。柴静的《穹顶之下》，就像打开了潘多拉的盒子，也像打开了京城人民仰望和思考天空的能力。

突然之间，我们发现生活的城市空气质量如此之差，我们的天空不再日日湛蓝，环保与生命的关联在那个时段变得如此迫在眉睫，无可逃避。

PM2.5的指数冲向三百，四百，冲破五百。

我的一个姐姐住到北边的郊区去了，她说北边上风上水，始终要好些。可是有一天我在她家客厅坐着，家里至少三个空气净化器开着，屋子里的仪器指数是一百多，我们稍稍有些心安时，姐姐试着开窗把仪器放到室外测试，指针瞬间冲到顶部，看着就是要爆表的节奏，吓得姐姐把手又缩了回来。

我们的城市，在GDP指数飞涨的同时，还能有让我们自由呼吸新鲜空气的机会吗？

那个时候的北京，似乎每个人都在寻找暂时逃离的理由与机会。

我也是。

所以，当我突然间接到一个很久没联系的海南朋友的电话，他就只跟我轻描淡写说了几句话，放了一段他在海边拍的视频，我就很容易地被他“忽悠”，决定

去他说的那个美不胜收的海边渔村小镇龙楼。

我要出去躲一躲。更确切地说，我必须要飞出去好好吸几口新鲜空气了。

我做不到永远离开北京，我也不可能整天戴着防霾口罩“横行”在我们熟悉的人群中，出去，便成了雾霾压顶时唯一的选择。

等一下，那个从没听说过的龙楼小镇是在什么地方？我缓了一下，问他：那我来住哪里？住村里吗？

朋友嘲笑我了：“看来你真是在大城市里待傻掉了，你知不知道这是哪儿？是龙楼呢，卫星发射的地方，我们国家唯一一个滨海发射场，这里有希尔顿酒店给你住，不会让你住大街上的。”

龙楼？我的大脑快速搜索了一遍，还是没有找到相关记忆印象。如果我没有弄错，我所知道的海南卫星发射地是文昌啊！

“没错，”远在天涯海角的朋友像识破了我的疑惑，隔着电话回答了我的疑问，“就是海南文昌的龙楼镇。卫星发射地就在这里。”

好吧，在那个9月，只要能短暂地逃离北京，别说是希尔顿了，就算真的要我住到村里去，只要空气清新，我也认了。

9月底的一天，我坐上飞机，就这样再回海南，“撞”进了从未知晓的一座海边小镇龙楼。

说实话，如果说以前无数次去海南是因为向往，那这次，真的是因为“雾霾大逃离”。

而在此之前，我对龙楼真的一无所知。

龙楼百度

龙楼镇，中国航天名镇，位于中国海南省文昌市东部，即海南岛最东角，东连南海，全镇总面积98平方公里，总人口2.5万。

龙楼镇是一个富饶而美丽的小镇，风景十分优美，有“琼东第一峰”之称的海南名山铜鼓岭，就在龙楼镇境内。龙楼更是中国名扬世界的航天名镇，位于龙楼镇内的中国文昌航天发射中心，是中国第一个沿海航天发射中心，也是国家第一个开放式航天发射中心，每次航天发射都会有超过10万的游客涌入龙楼，观看航天发射的飞天盛况。

再补充一点。据我所知，龙楼镇海岸线长达28公里，海岸沿线不但有山有石有众多海湾，还步步是景。仅从海岸线长度和风景湾道来说，它就是海南岛首屈一指的海边小镇。

龙楼“正名”

这样一理，我就清楚了。文昌是海南的，龙楼是文昌的，航天发射基地落地龙楼镇原新光村，航天文昌的精准落脚地，是龙楼镇。

03

故事可以从铜鼓岭和月亮湾开始

有些神话，永远深藏，
永远只有大自然自己来解读它的深情。

我把铜鼓岭和月亮湾放在我行走解读龙楼的开篇讲起，真的不仅仅是因为铜鼓岭有“琼东第一峰”的美誉，也不仅是因为我到龙楼的第二天，就被当地朋友们带上这座本地人永远引以为傲的著名山岭。

真的是因为它油画般壮阔大美的景色震慑住了我。

说它是第一峰，但仅仅338米高的主山峰，对于我这样一个曾经在山城重庆生活过的人来说，真的不算一回事儿。来龙楼之前，我没有做过一丁点儿关于这里的百度导读和攻略，所以是蒙的，除了卫星发射与希尔顿，就什么也不知道了，所以铜鼓岭，在上山之前，我是刚刚才反复不停地听说了。

“你当然一定要上铜鼓岭。”朋友说。

刚认识的小镇领导也很热心：“明天我们陪你一起上山啊！”

对于我这样一个出行旅游，从来懒于看风景名胜，更喜欢美其名曰换个地方“宅”着感受气场氛围的自娱自辩者来说，第一次上铜鼓岭，也许真的可以用被“热

情”赶上山来形容吧。

那次，我从海口机场出来，迎面海风一吹，自觉已经抖落了一路的风尘，已经将满身雾霾之气远远抛在海的那边。我坐朋友的车到达龙楼时，已是夜晚。

我们在海边吃的龙楼第一餐饭。夜色下，只听见星空下的波涛声。稀里糊涂听着新认识的本地朋友兴致勃勃地介绍他们的美食“龙楼四宝”，听着他们说铜鼓岭和月亮湾，当然，还有卫星发射。

自然而然，客随主便，我就这样愉快而被动地决定了第二天的上山之行。

运气很好，那是一个阳光时隐时现的晴朗日子。有太阳，有云，有雾。上山前，还一如既往地被朋友说中了，每逢有客自远方来上铜鼓岭，山上必下一场洗尘的小雨。

然后雨过天更晴朗了。

我们上山。

我就是这样以一种完全未知的状态上了铜鼓岭，看见了它已被很多人知晓的美丽，和无垠的月亮湾。

至今为止，我都无法用言语来准确形容出当我站在铜鼓岭的最高处的背面，当我的眼前突然呈现出那道巨大如弯月般秀美的海的弧度与岸的曲线时，我的震撼与惊叹！

巨大的海平面的一侧，与岸接壤的部分自然而成的千百年的绝美海岸线，如月亮坠落沙滩时的烙印，就是无与伦比的一道海湾。站在铜鼓岭山峰的背面，切记，一定要翻到面海的山那一面，远看过去，平面有三种色彩：绿色的田野，湛蓝的海，还有分隔并连接它们的如银丝的沙

滩。而抬头看过去，天上的云，云上的蓝天，海上的波浪，和弥漫在海面与云朵之间的若有若无的水雾，让人很难不产生幻觉。

我的幻觉是，我一再问自己，这是神话中的仙境吗？这应该就是传说中坠落凡尘的瑶池吧！

我宁可相信我是幻觉了。

而更让我难忘的，或许是近在咫尺的那些顺峰而下的原生的草木树叶，我甚至能闻到它们身上自带的拒绝一切尘世俗烟的清冽之气，那份让人不由自主敬仰的野生的高贵。

还有山岭下海边一直沉默静视这一切的“鳄鱼嘴”。

那张鳄鱼面对海面张大的嘴，日晒雨淋风吹浪打都栩栩如生，和似乎一触即发的姿态和神情，让我确信，只有它才能懂得这片风景背后的故事，懂得铜鼓岭的坚韧，月亮湾的柔美，与大海的潮起潮落浪去浪回。

以及它们之间千百年来的交往与

对视。

千百年来剪不断理还乱的几度夕阳红。

我站在那里发呆，我在想，这该是一个怎样的千古神话，才能塑造成今日无言的景观啊。无人挖掘。也许，从未被人发现过的传奇，才是真正的传奇吧。

有些神话，永远深藏，永远只有大自然自己来解读它的深情。而我们，只是路过者或者旁观者。

后来，我无数次给身边朋友推荐介绍铜鼓岭时，我只会着重强调一点感受。

我说："你们知道吗，那就是大自然自己画的一幅油画，我站在那里，就一个念头，我想飞进去。"

我当然没能飞进那幅自然形成的油画，但是毫无疑问，铜鼓岭用它超越了"琼东第一峰"的名号，超越了海南第一缕阳光升起的海面与山峰的定义词，以它不可言传的壮美与灵气，以它静藏在山峰之后的，甚至未被尘世任何气息所沾染过的安宁与脱俗，瞬间征服了我。

某些时候，我认为它的美，是非人间的。是应该存在于童话故事和神仙的世界里，只是上天寄放在了此地。它安静地隐藏着，孤独地绽放着，从未被惊扰，更是从未被更多凡尘人群发现而已。

而那样的美和风景，才是真正惊艳绝伦的。

如果来到龙楼，去还是不去铜鼓岭，已经不是一个命题，但能不能看到你想看到的如童话般极致美丽的景色，那就看心灵的答案了。

没有标准。仙家的慧眼，唯有偶得。

为什么一定要上铜鼓岭

其实，这句话应该这样说：来文昌不看卫星发射，等于白来，而来龙楼不上铜鼓岭，就等于没来。

当然，看卫星发射是需要机遇和时间安排的，但铜鼓岭就在那里，千百年来它日夜守护着龙楼的土地，迎接着海南东部的第一缕阳光。

所以说，只有登上它的峰顶，才能真真正正从高处看见龙楼大海的绝世美景。

我陪很多朋友上过铜鼓岭，百分之百的经历是，几乎每转过一道岭上弯道，车头开向月亮湾方向时，车上所有人都是异口同声一声惊呼。然后停车，然后冲下车，对着眼前豁然出现的月亮湾美景一通狂拍。

如果我没有记错，上山之路一共有三个大弯道面向月亮湾。一路随着地势渐高，海与月亮湾的景色也越来越美。也就是说，所有人都会惊呼三次，下车三次，驻足拍照三次。直至上到岭顶，才觉得前面都是花絮而已，真正的压轴大戏是在山上的峰顶古道的视野之间。

我们是这样客观评论的：和月亮湾一样美丽的海岸线海南有，像铜鼓岭这样灵秀的山峰海南也有，但在这样美丽的海岸旁边有这样灵秀的山峰，并能俯瞰整个大海美景看见日出的，全海南岛只有龙楼有。

龙楼最美的一面就在这里，在与和淇水湾间隔相望的卫星发射基地遥相呼应的铜鼓岭上。

你说要不要上铜鼓岭？！

04 石头公园印记

所以我真的相信那道石头裂缝是有的。

石头公园就在铜鼓岭山下，其实从地理位置上来说，铜鼓岭左右有两个特别美的海湾，一个是月亮湾，另一个是淇水湾。而石头公园就在淇水湾海湾紧邻铜鼓岭的海岸边上。

淇水湾相对于月亮湾来说更近“凡尘”和“烟火”气些，也因为有了铜鼓岭的遮挡，台风来时，它受到的冲击就没有月亮湾沿线大。风景这边静好。而最让龙楼人津津乐道的，却是他们每逢推荐介绍淇水湾，必将拿来和铜鼓岭相提并论的石头公园。

石头公园是龙楼人传奇与现实落地的真实场景，是他们的另一份骄傲。原因只有一个，那里是国人心中的国产版“超人”孙悟空的出生地。

准确地说，是84版电视连续剧《西游记》中孙悟空的出生地。

就像陈晓旭扮演的林妹妹已成为我们心中经典的林黛玉一样，六小龄童章金莱在84版《西游记》里塑造的孙悟空形象，也成了我们永远的唯一。而龙楼的石头公园，正是当年电视剧开篇第一个镜头，未来大闹天宫搅乱仙界的孙猴子一飞冲天的出生地。

换言之，我们心中唯一的齐天大圣孙悟空就是在龙楼的石头公园“生出来”的。

这可是比西湖“断桥”还要真的真理呢！

我为此还专门上网去搜了电视剧开头的这个镜头，站在石头公园的海边沙滩上对比求证，真的一模一样！而且走到近前，那块剧中孙悟空腾空而出的巨石，在海浪与山岭的衬托下，比影像中要更大、更雄伟和真实。

也许是为了证实龙楼朋友们说的这一事实，就在这一年的博鳌亚洲论坛上，“美猴王”六小龄童章金莱带着自己的书《行者》在海南做签售，接受记者采访的时候，还主动跟大家说起当年拍摄时的经历，他笑着证实：“我也是文昌人啊，拍《西游记》‘猴王出世’就是在文昌龙楼的石头公园。所以说孙悟空的祖籍就是海南，海南也是我的故乡啊！只不过海南现在变化太大了，我每次来都快认不出来了。还好，有那些大石头在，我总还能找到自己的出生地。”

“猴王”的戏语让众人乐了，但是另一个事实却是真的，当我们身边所有的

事物都在飞速发展，令人目不暇接地改变时，还是会有一些东西幸运地被留存下来，见证历史，并铭记着很久以前的故事。

石头公园就在。

后来在龙楼的日子里，我去过铜鼓岭无数次，也去过石头公园无数次。我像一个真正的龙楼人一样，喜欢上了这两处其实还未被众所周知的隐世风景。我也会像龙楼人一样，乐此不疲地告诉随我而来的朋友，告诉他们铜鼓岭的壮美，和石头公园的传奇。

记得有一次，闻讯而来到龙楼的外地朋友被我带到这里，上山下石气喘吁吁走了一圈往回返时，已经习惯了站在旁边看他们兴奋模样的我就会故意问一句："你们在那块最大的石头上找到了孙悟空蹦出来的大裂缝了吗？！"

"在哪儿？"朋友停住脚步，一脸蒙怔地看着我，转回身去，打算再去找一遍。

"哈哈哈！"我乐了，使劲忍住了笑，等他们再气喘吁吁仔仔细细爬了一遍那块巨石后回来，看着他们失望的脸，我笑着安慰道："没事儿，时间太久，那道石缝都快长合起来了，我来了这么多次都没找到呢。我也是听说。而且听说要在大雨台风的日子，才有机会看到那道猴王出生的裂缝呢！"

朋友们半信半疑看着我。

我一本正经继续说道："对啊，真的是要来很多次才有可能看到呢。所谓的'金石为开'，指的就是这样的道理。"

我接着又安慰他们："话说回来，虽然没有找到猴子出生的裂缝，但你们抓

到了很多从那些石头缝隙和沙滩上爬出来的各种螃蟹啊。你们看见没，有好多人就坐在这里的石头上垂钓呢。”

我没说错，石头公园的另一大有趣的景观就是，真的有好多人会在风和日丽的日子里，在每一块光光的巨石上垂钓。那些不知道是海里冲上来，还是石头缝的草丛中长出来的海爬物们，就是他们垂钓的目标，也是他们的乐趣。

他们钓的不是海里的鱼，是岸上的螃蟹。或者说，他们在与奔腾的海浪竞钓完毕后，又开始寻找与沉默的巨石的另一种交流。垂钓也是一种走近与沟通的方式，而且他们更加乐在其中。

我解读他们悠坐一旁闲来一钓的身体语言是，与其奋力抓捕，不如等尔上钩。

真的是有乐趣的。

好多事情，并不是一定要一蹴而就，慢慢等待与寻找的过程，其实也是有快乐的。

所以我真的相信那道石头裂缝是有的。这样有灵性的一块海边巨石，既生猴，又怎会让我们仰望寻找的众生失望呢！

好好去找吧，我相信石头公园里的那块印记一定是在的。

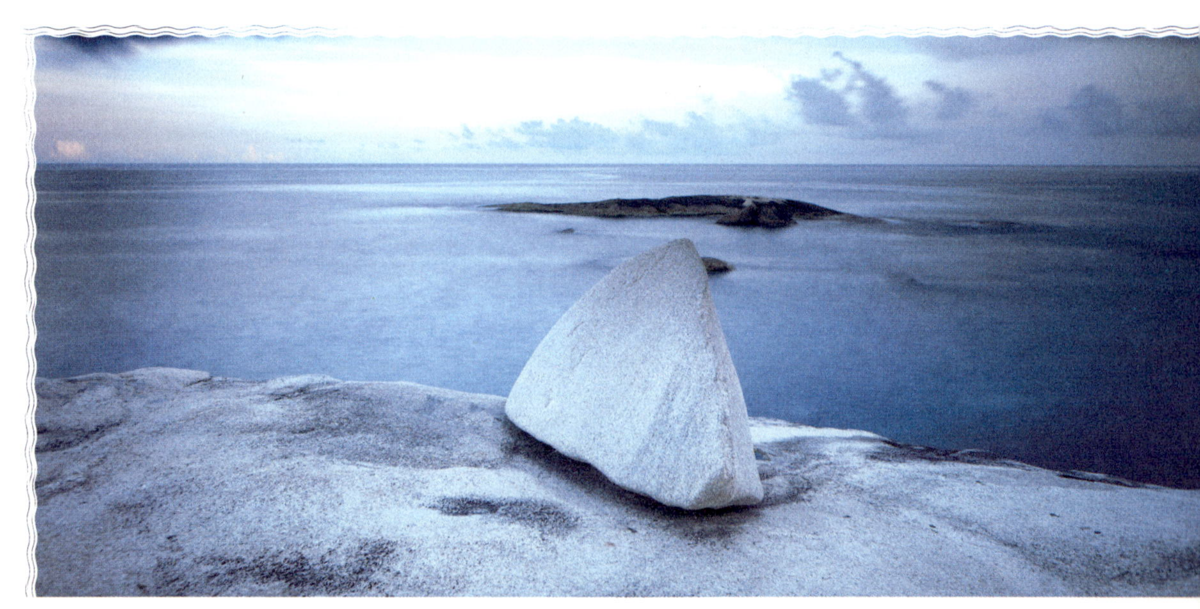

131.4 的爱情峰

龙楼的石头公园除了以上与孙悟空有关的典故，其实它现在更有名的风景，是这里已经成为众多情侣必选的婚纱拍摄点。

想一想，不说别的，就站在“美猴王”出生的那块巨石上，背景是纯蓝的海和纯蓝的天，白色的婚纱迎风飞扬。大海，巨石，猴王诞生地，国人寓意的婚姻幸福美满，长长久久和血脉传承的元素一个都不少，这样定格的婚纱照还要怎样才完美呢？！

当然，海未枯石未烂风景绝美还不够的，还需要有爱情的基因在才行。

小镇领导适时送上了关于石头与爱情的佐证。

是后来云卷云舒客栈的祝影转述的镇领导讲的故事。祝影说，镇领导告诉她，那里之所以会成为拍婚纱的首选之地，是因为铜鼓岭著名的十八峰中，有一座峰是哨兵瞭望所，海文勘测永远测不准它的精确高度。常规测量它是 131 米高，可是，有的时候，它的高度又会很神奇很准确地变成 131.4 米。

真的是一分不多一分也不少，就是我们最喜欢的一生一世的数字爱情。

镇领导说，有情侣来拍婚纱的时候，那座山峰的高度就是 131.4 的数字了。

这样美丽的爱情地标，我不得不相信。

我对祝影说，镇领导为什么能把所有关于龙楼的故事说的都让我们确信无疑呢？

“因为本来就是真的啊！”

后来有一次我和祝影一起碰到镇领导，又提起这件事时，这位年刚四十的小镇领导毫不犹豫地回答我们。

05

与好圣村在一起的日日夜夜

卫星近在咫尺，除了靠山靠海靠蓝天，为什么就不靠靠宇宙和卫星？

现在想起来，我对于龙楼镇人情故事认识的起始真的源自好圣村，而我对海南岛新农村主题村庄的优化建设兼成果体现的认识，也源自好圣村。

我有幸关注并参与到了龙楼好圣村脱胎换骨凤凰涅槃般的整个过程中。

从 2016 年 11 月的卫星发射后，我就开始了很长一段时间在村里与镇上的生活。那个时候，全镇的人，包括镇领导、市领导，还有鲁能的建设者们，目光的一个重要焦点，都在好圣村，也就是在好圣村的航天科技休闲村的改造工程上。

好圣村很好找。沿着进镇后的钻石大道一路往前，一直开到直觉快临近海面，离铜鼓岭山峰越来越近的路的右侧，就是好圣村了。

好圣村不临海，但它微微有些坡状的地理特征，加上非常恬静优美的村落与田园的风情，还有离镇上不远也不近，恰到好处的距离，让它被众人关注的优势格外明显了。

从 2016 年年底开始，好圣村就开始了它的蜕变过程。

当整个海南岛都在打造全域旅游这个概念，都在以更具有特色的田园风光来吸引越来越多的岛外人来度假和旅游时，什么样的村庄，才是城里人和村里人共同喜爱并沉浸其中的乐园？什么样的建设，才能真正凸显有差异化、主题明确的农家

桃源？

这是好圣村建设推动者们一开始就在深思的问题。

当然，在田园风光和海景椰林大同小异的文昌龙楼，乃至整个海南岛，能让世人和游客更加感兴趣并被吸引的点，一定是跟航天和科技有关的故事落脚点。

这一点，我相信所有人都会感兴趣的。在距离卫星发射中心这么近的村庄，就在同一块土地上，它的庄园和村落，是不是可以让我们看到更多不一样的元素呢。

这也是好圣村建设者们在意的。

首先我们来说说好圣村的定位。

好圣村改造动工之初，我因为在龙楼，就正好参加了它的科技小镇新闻发布会。没错，好圣村从彼时起，便被冠名定位为“航天科技小镇好圣村”。没有谁能名副其实拥有这样的称号了，除了龙楼，除了好圣。

在一个仅有两万多常住人口的海边小镇，能荣幸成功发射一颗、两颗、三颗、未来无数颗卫星，还包括“胖五”的，仅此一地。所以，唯有龙楼，有资格并有底气，将最高精尖的科技落地，扎到土壤里。也唯有好圣村，最有理由以它的风景特色，吸引这样的人才和向往的人群来靠近。

卫星近在咫尺，除了靠山靠海靠蓝天，为什么就不靠靠宇宙和卫星？

从另一个层面上来说，这里就是离天最近的地方，这里才是通向天空和浩瀚宇宙的出发地。

龙楼人说，除了一如既往的海岸美景与田园风光，他们在好圣村展现的每一个环节和细节，都是希望与航天和科技有关的。未来的好圣村，不但优化建设，还会保持原土原味，会有科技创新联盟的落地，也会有各种经过科学化养殖并栽培的农产品和农作物。好圣村希望能做到的是，让原本枯燥无味的科学与田野风光并存，而让科学技术的符号渗透在人们的日常休闲娱乐之中。

以一个村庄的姿态这样做，勇气和思维，都是让人敬佩的。

现在再来说好圣村的速度。

这个真的是让我最佩服的了。

好圣村启动优化改造航天科技小镇的时候，已是年底。年关将近，每个单位都有很多工作要忙，但好圣村如期开工。而且开工后的好圣村工地，几乎也成了各个单位联合现场办公交流的不二场所。

那段时间里，无论是村干部、村民、施工方，还是镇领导、鲁能高层、市领导们，要想找到他们，唯一的地方就是好圣村工地。往往不约而同，或者是不期而遇吧，总是能在热火朝天却又泥泞建设着的村里碰到每一个想要见的人。

他们都在那里，日日夜夜，甚至整个春节假期。

好圣村建设者们建了一个微信群，从市领导到每一个参与者，甚至包括像我这样的长久路过者，都在群里。这是一个非常开放而开明的项目建设，每个人都可以在里面畅所欲言展露心声。当然，群里更多的状态还是所有始终一直在现场的建

设者们，在不停地展示每一天，每一时刻的工作进度。

就像现场直播。

春节的时候我去了奥地利，去了我一直向往的号称全球十大最美的小镇之一——哈尔施塔克小镇。冰雪覆盖的国王湖和如童话般五颜六色的房子的确美得一尘不染。可是，每天，每时每刻，我都会被远在万里之外好圣村的微信群惊醒。“已经在铺管布线”“游客到访驿站主体完工”“大门及园林景观工程正加班施工”“鲁能公司2月20日工作汇总”。工作群里的微信消息几乎24小时都没有停的。我有点恍惚，就算有时差，但这么几乎没有时差的24小时的工作状态，那些远在村里的人们，真的都不休息，不打算过节度假了吗？

忽然有了些惭愧，我在享受他乡最美的小镇，而我认识的龙楼的新朋友们，却正在建设着属于我们自己最美的小镇。

春节过后，刚返回北京的我就迫不及待又飞向了海南，飞回龙楼镇。

真的是可以用“日新月异”“士别三日，当刮目相看”，诸如此类合适或不合适的词，来形容好圣村让人耳目一新的变化。事实是，所有人的努力付出没有白费，好圣村在春节后的那个三月中旬，就开始“面市绽放”了。

我试着用另一种比喻，来形容一下这不到三个月时间里，好圣村的改变给予我的印象吧。

就像是一块未经雕刻的璞玉，虽丽质天生，但始终要经过巧手的修饰与微雕，才能焕发它更加夺目的光彩。

好圣村就是这样。

美人自此初长成。

最后来说说我在现场曾经目睹的几个小花絮。

刚开工的那段时间，我也天天往工地跑。好圣村似乎有一种魔力，让人情不自禁地就是想去。但我穿着高跟鞋，又不想换鞋破坏了我的整体美丽造型，就只肯在工地外围干净的地面晃来晃去，找人闲聊。要是遇到熟悉的朋友热情招呼我一块进场进村，要我跟他们去里面瞧瞧，我总是看看我的高跟鞋，尴尬地笑笑。

可是有一天，我正和人闲聊呢，突然看见一个身材苗条的女子，一头波浪卷发，一套修身的连衣裙，正一摇一扭地走到雨后泥泞的施工路面。注意，重点来了，重点是她竟然穿的是一双至少有10厘米高的细高跟鞋，而且还是亮闪闪的那种皮质的。

然而美女似乎全然不在乎脚下的湿泥，她的姿态像在走红地毯，窈窕身形，摇步向前，就好比两旁椰子树总在摇曳的风景，有说不出的妩媚与风情。

我看呆了。

看呆了的我对身边闲聊的朋友说："这个高跟鞋美女，会不会是重庆的啊？"

"鲁能的。"朋友答非所问。

当然，后来我知道了，这个穿10厘米高跟鞋的美女，是鲁能的，也是重庆的。后来，我们成了朋友，我见到她的每一次，她都穿着10厘米以上的细高跟鞋，任何场所。

熟了以后我打趣她："美女，第一次见你穿细高跟鞋行走泥地如秀场，就知道只有重庆女子才有这份豪情和从小练就的童子功。"

美女大笑："我一直都这样啊，哪

怕去海边走沙滩，我也可以穿高跟鞋。”

晕。我服了。

我当然要接着总结兼“粉粉”她：“不过呢，能在村里那样的泥泞施工地，一如既往走出高跟鞋的风景，可见，在这里工作多年的鲁能的帅哥美女们，依然是一如既往热爱并在精致地生活着。”

马屁拍得很成功，但佩服与欣赏，却是发自内心的。

好，说第二个小花絮。

也和鞋有关。

当然不是每个人都这样豪情，但也不是每个人都像我这样矫情。

有的人，会像我经常碰到的一位领导那样，他一到好圣村，刚一下车，就会快速从车后备厢拿出随身带的球鞋，快速换上，然后就大步流星地进村里去现场指挥施工了。

我又开始闲聊，秘书告诉我，领导刚从会上出来，看完现场后还得立刻去开另一个会。

作为领导，当然不能带着一鞋的泥去开会，那也太不顾形象了。但领导也不会像我这样伪矫情，所以就换鞋。用心了，就是很简单的事。什么场合配什么样的鞋，配合什么样的工作现状，行走自如与得体有分寸，也是另一份真性情。

说到这里，我只有做检讨。事实是耳闻目睹亲眼见证好圣村嬗变的这些日日夜夜，我真的都没能走进施工现场去看一次。我既不能做到豪情，又忘了性情一回，我就这么在它的椰子林外晃晃悠悠，矫情着，就幸运地走进了它美丽蜕变后的全新的村庄。

第三空间的旅游驿站和天赐良鸡

蜕变后的好圣村会有很多小惊喜。当然，我就不说它让人惊喜的大变化了。那些更加美丽的田园风光和阳光椰树原野与微风，始终是要亲临现场，才能体味。

我写再多说再多，也是纸上说兵。

所以建议大家如果决定去文昌龙楼玩，有幸去看完卫星发射，那就一定要去去好圣村。越来越美丽的好圣村，现在真的已经成为所有龙楼人晚间的大客厅了。哦，应该说是自家的后花园更合适。

龙楼镇的人们都是如此喜爱自己打造的这份风光。

还有里面大家精心做出来的小细节。

比如它的旅游驿站，它的天赐良鸡。

呵呵，旅游驿站是雅称，其实它就是卫生间。只不过这个村里的公用卫生间不但用了最好的坐便器品牌，有最精致的装修，它还有一个第三空间。

我第一次去这个村里高大上的卫生间的时候就很诧异：什么是第三空间啊？原来，是专门为残障人士和带婴儿的家庭准备的更人性化设计的第三空间呢。

真会起名字。搞得我这样的号称做文化的人都要佩服这份用心和雅意了。

最让人开心的是新村里新修的文昌鸡饲料场。很规范化的养殖鸡舍。关键是它门口的门匾，上面四个大字赫然入目：“天赐良鸡”。

我和朋友站在那里，乐不可支。

真的乐坏了。

朋友也是刚从北京跑来看我说的著名的好圣村的。看到这里，他也服了。他连连赞叹：“高手在民间，高手在民间啊！”

不得不服这句话用在这里的恰到好处与天衣无缝。

什么叫智慧？这才是最接地气最真实的生活的智慧。

不过，后来得到一个未经我亲自考证的佐证，说为什么是天赐良鸡呢，是因为文昌鸡最正宗的出产地是源自一个叫天赐的村，货真价实的名副其实。

好圣村诸如此类的小惊喜有很多，而且它还在不断地涌现，而且都是与田园、与生活有关的科技的另一种拟人化的运用，无处不在，贯彻全村。

所以我又开始想我经常想的那个问题：我们到底要建造什么样的村镇生活给从城市高楼大厦里逃出来的人们？

对大多数人来说，当然不可能是再造一座城，也不可以是纯原始的乡村，那么，优化和美化，并且有本地生活内容存在并展示的乡镇原生态，也许是一个方向。

好圣村正在做。

06
新朋老友相聚
云龙度假村
云散了，云会再聚，宴席尽了，还会再开。

龍樓

云龙度假村在淇水湾，这座占地两百多亩的度假村，它的地理位置之优越真的可以说是整个龙楼海岸线的掌上明珠之一。

如果观看卫星发射，个人觉得，这里应该是离现场最近，可以住也可以看的度假村了。几乎近在咫尺。据说，倘若发射的是大型火箭，最靠近发射中心的那一边，有些住下来的客人是要进行疏散的。

我第一次去那里很好奇。

好奇两点。

是什么样的老板，什么样的缘由，让他在十几年前就有了这样的先见预知，来到当初完全不被人知的龙楼的海边圈地建“村”？要知道，那个时候，国家还根本没有建滨海卫星发射基地的规划呢，当然，也不会有人知道，未来让全世界注目的小镇会是龙楼。

第二点，我在度假村转了一圈后发现，这座建筑规划并不非常精细完善的山庄里，似乎有太多个人情感和喜好。比如，观音像和毛泽东塑像一尊一座都放在度假村里，简易的蒙古包和曲径回廊般隐于树木椰林中的木质小楼并存着。甚至还有一座碑，上面刻的洋洋洒洒千字文，应该是企业家自己的座右铭，或者是人生感悟吧。

我觉得很好奇。

有一次回北京后，我就去了在北京东边的河北二河的企业总部，去拜访度假

村的老板赵总。

赵总很年轻，他自我介绍说，他和他兄弟，就是接班父亲企业的俗称的“富二代”。这样一说，我似乎有点明白那座度假村风格并不统一的背后原因了。

因为赵总很年轻，也因为上面还有一位年长的赵总父亲，所以我就叫他小赵总了。

小赵总解答了我的疑问。

那座观音像是一早就设计放在度假村里的，而毛泽东像不是。毛泽东塑像是在别的地方，因为动迁被损坏，倒弃在山坡上，大赵总知道了，心疼之余，就请人修复完好，搬到度假村来安放了。

生于20世纪50年代的大赵总，他的企业起步之路，和大多数中国创业时一无所有的企业家很类似，而这么多年打拼下来积累的财富，又让他对一切上苍的安排充满了感恩与敬畏。所以就会有了那被奉为企业文化宗旨的人生感悟碑文。

当年，大赵总偶然来到海南，偶然看到龙楼的这片海湾，真是没有任何理由和预感先兆，就纯粹是因为太美了，就把它要了下来。

大赵总说，要给自己和子孙们留一

片梦想中的最干净最美的海湾。

“至于蒙古包嘛，”小赵总笑笑，有点无可奈何地说，“一到卫星发射，我们的客房就供不应求，有时连自己朋友们都满足不了，有朋友就建议，那就做临时帐篷，能住就行。所以，就有了‘豪华版’的蒙古包。”

原来如此。

我握手与小赵总道别。我找到了关于龙楼最佳海湾之一的度假村建筑风格杂糅之谜底，也与小赵总相约，下次龙楼见。

我们很快不期而遇。

因为赴另外几个朋友的龙楼之约，并未联系的我和小赵总竟然在首都机场的候机楼相遇，而且我们是同一个航班。更巧的是，各自提前值机的我们竟然是前后座。

真是有缘千里约龙楼啊。

不得不自己点赞一下这样的奇妙。

更奇妙的还在后面。

我到龙楼的第二天，北京的另两位朋友也过来了。那段时间首都机场在修跑道，航班晚点频繁，两位朋友从河北黄骅出发，坐车，坐高铁，经历航班晚点六个

和他们不认识的河北老乡小赵总聚一下。

去另一个角度的海湾看最美的龙楼。

当然，也顺便喝一场。

巧上加巧的是，那个下午，也是很多年未联系、当年曾和海口的朋友共聚博鳌镇边大排档的那位新疆朋友也打来电话，说临时改道，要来海南和我们相见。

就这样，未相约的，已相约的，久未联系的，正联系的，哦对了，还有朋友带来的新朋友们，就这样天南海北于那个四月，不约而同地齐聚于龙楼海边淇水湾云龙度假村了。

度假村用最大的包房招待我们。多年未见，遥想当年意气风发的感慨，不曾联系，却也不曾忘记的情意，让人不由再次感动生命中命定的在海边的再聚。我们放任着醉。而初识的，跟随来呼吸放松的，

半小时，飞行近四个小时，一路风尘，于凌晨五点时分，终于到达龙楼希尔顿酒店。

他们就睡了两个小时，就兴致勃勃地起床出门了，说是不想浪费这新鲜而美好的景色。

完全正确，为了让他们的千里赴约更加值得，我决定带着他们去云龙度假村，

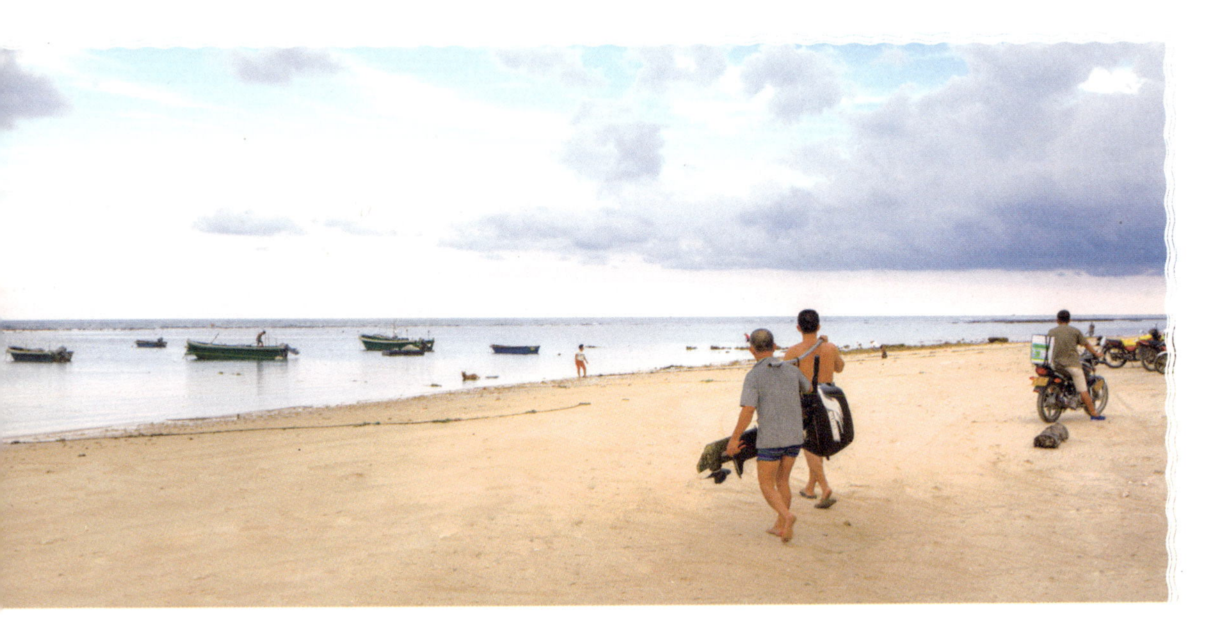

不期而遇的朋友们，也都在这样的海岸边，在陌生又向往的大海面前，卸下城市里所有的伪装和包袱，在一杯酒和一片海的荡漾中，瞬间回归最真实的自己。

也许，我们往往只会在梦想的场景中，和陌生人面前，才会忘记自己在城市企业和社会赋予定位的那个已经习惯扮演的角色，才会找到最初最简单的自己吧。

那天晚上，我们所有人都醉了。

那天晚上，我们所有人都留住在云龙度假村。

这样的时刻，我们似乎不想分开，似乎更愿意住在有草木树叶连接而且能传递某种隐秘情绪的木楼里。没有了钢筋水泥的间隔，朋友间的情意和抚慰，也更多了一份真实的律动。

云散了，云会再聚，宴席尽了，还会再开。对于龙楼云龙度假村，我最深刻的记忆是，总有一个时刻，所有云散宴终的今时往日，都会在命运指引好的一个空间，和心中最想等待的朋友，不期而遇。

上天一直都记得，要用最好的时机，来共同释放所有关于城市生活带给我们的负累。

给自己在海边安一个家、一定是很多城里人的梦想。
画家姐姐
07
换房记

龍樓

是在机场和小赵总巧遇的时候认识的画家姐姐。

画家姐姐也是自北京来。她告诉我，在北京，她住在通州。以前，北京的通州还算安静，但这几年政策一定，北京市政府要来，通州几乎一夜之间，变得热闹非凡。几乎变成又一个东三环，而且还是发展建设中的“东”东三环。

热闹的通州让习惯了静心作画的画家姐姐不能静心了。她和很多向往给自己的创作寻找一份静世桃源的艺术家们一样，来到海南。也因为和小赵总一家是挚友的缘故吧，来龙楼度假的时候，就知道了龙楼的鲁能山海天项目。鲁能一开盘，她就买了山海天的房子。

她喜欢龙楼的海。她和云龙度假村一样，甚至比鲁能更早知道这片海岸线的绝美。

给自己在海边安一个家，一定是很多城里人的梦想。给自己在海边的家筑一个创作的空间，那就是所有艺术家诗情画意的现实落地了。

画家姐姐诗情画意的梦想就落地在龙楼鲁能山海天。

现在先来说说鲁能山海天和龙楼的

渊源。

龙楼全镇，面积98平方公里，而鲁能山海天项目，规划就有80多平方公里。当然，其中涵盖了海岸与海域的不可开发只能保护的小一半面积，但事实就是，鲁能的山海天项目，占据了绝大部分龙楼镇的地盘。

我有时候会跟龙楼的朋友们开玩笑，说，你们看，都是卫星惹的祸，让这块隐藏极深的绝世海岸线昭白于天下。好，卫星来了，鲁能来了，人群也来了。

龙楼不宁静了。

“是的，有时候我们也需要适应这种改变。”

“但美好的东西不就是要拿出来和大家一起分享吗？！”

龙楼的朋友们说。

是的，我们现在都知道，美好的东西是藏不住的，它终究要被有缘有心的人发现，并呈现到世人面前。

只是，如何优质地呈现，一直是个大命题。

回到画家姐姐买的房子上。说真的，那个时候，对于鲁能山海天在龙楼修的房

子究竟好不好，我一直没空去探究。但游走在龙楼，一个海南岛普通的海边小镇，除了我说的自有的壮美的隐世风景外，它的道路规划与修建，真的是不同凡响，也不是一个海边小镇力所能及的。我不用想，就知道这后面有鲁能的力量。

一个小镇，能遇到一个有实力而且有能力的央企对其全面规划并统一开发，是件幸事。

通俗点说，整体包装一定远远好过零批散发。

对于鲁能来说，所有在龙楼的前期投入与建设，最后得益的，是山海天的居民。这样，以开发为目的，企业反而少了一份赢利心，多了一份公益心。毕竟，这一整片土地，怎么建，都是山海天自己的家园嘛。

我在想，许多来买山海天房子的客户，一定有一个理由，也是因为这一点。

画家姐姐也是。

可是，画家姐姐买的是期房，买房子的时候是图纸和沙盘，交房子的时候画家姐姐傻眼了，原来，她选的那套房子的外立面，因为楼房的整体造型，有一小部分阳台外侧有遮挡，挡住了她给自己安排的画室的阳光。

平心而论，房是自己选的，沙盘造型也在，真和开发商售楼部一点关系都没有。而且海南阳光猛烈，有的人反而会乐意接受这样的安排。可是，画家姐姐郁闷了，她想要的是毫无遮拦全线阳光照耀的画室。

一个客户心情愉悦地来海南龙楼定居安家，比什么都重要。

可是，问题又来了，那批山海天修好的房子全卖完了，也就是说，已经没房可换了。

那就没办法了。

鲁能承诺，只要愿意，可以退房，等下一批开盘的时候重新选心仪的。但画家姐姐又不愿意等。她等待来海南安家已经太久了，不想再等。

这可难住了所有人。

后来，我开始忙我的事，有好几天忘记了过问画家姐姐的换房难题。

突然有一天，画家姐姐打电话给我，问我还在不在龙楼，有没有空第二天陪她去海口选家具。真不巧，第二天我有安排了，但我由此想起她的房子，便关心地问她最后解决了没有。

"当然解决了。老妹，我去选家具了，

怎么办？！

那几天里，我们和画家姐姐一坐下来，她就在说她的房子问题，一脸的苦闷和纠结。

好在小镇不大，转来转去总能碰到我们想碰到的人。这样，镇领导和鲁能的各位老总，很快知道了画家姐姐郁闷的问题所在。

那就换房呗。对于鲁能来说，让每

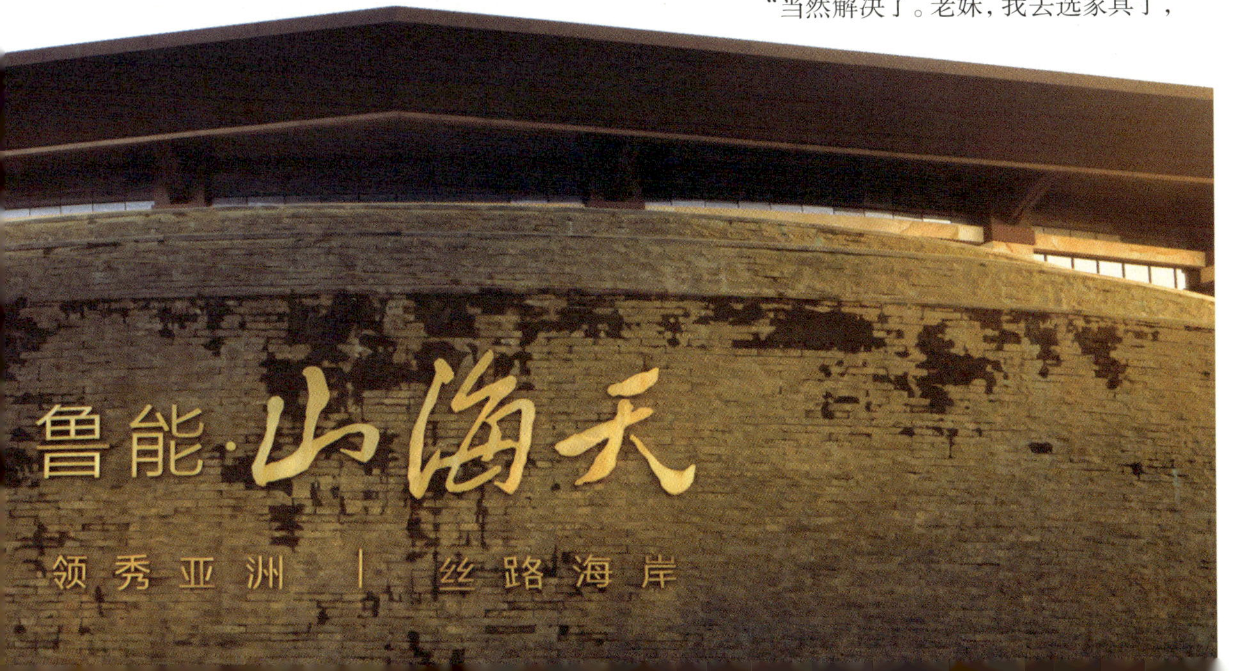

下次来龙楼住我新家，咱不住酒店了。”

电话里透着喜悦和开心，不等我再追问，画家姐姐就挂了电话，忙着赶去海口了。

我舒了一口气。晚上正好碰到鲁能朋友，就问起这个事。

我问：“给她换了？”

“换了啊。”

“怎么又会有房可以给她换了？”

“她运气好，正好公司有位领导自己定了一套更大、位置更好的，大家一商量，就把那套房子先换给她了。”

“那换房给她的那位领导自己怎么办呢？”我操心着问。

鲁能朋友淡淡地说道：“我们自己，可以下次再买嘛。”

我一时无语。其实我知道，他这样轻描淡写的背后，到底做了多少工作，花了多少心思来实现承诺让每一个客户满意居住，也只有鲁能人自己明白了。

总之结局是美好的，我们的画家姐姐不用等，就能立刻住进阳光照进画室的房子。从此，面向大海，写诗画画。

08
我认识的渔民阿海
他们的故事都刻在他们的喊唱中，和布满沧桑的双脚上。

我一直以为并认为，阿海的父亲也叫阿海。

也许是我听不太懂阿海浓厚的海南方言味儿的普通话，喉咙深处总是隆啊隆的，像是把海浪和马达声装进了胸腔，这才会把他的名字和父亲的名字搞混，听上去就是一样的音。唯一可以确信的是，阿海的祖祖辈辈，都以讨海为生。

都是跟海有关系的一生又一生。

所以对海边生活的人来说，叫阿海这个名字，怎么都是对的。

阿海说不清楚，他们家是什么时候来到海南文昌龙楼这个地方扎根的。但正如他晒得黝黑的脸，和精瘦健壮的身板，就像他的父亲和祖辈们一样，都是经历了风浪，经历过大海的洗刷，成为一种属于这片土地的风格的见证。

通过一档综艺节目，人们知道了沿海的人喜欢穿拖鞋这个冷知识，可我看见的阿海的父亲和他的爷爷甚至连拖鞋都不穿，无论春夏秋冬。有一次去阿海家，看见阿海的爷爷正坐在院门前休息，是冬天了，不冷，但光着脚的人不多，所以，老人家光着的双脚引起了我的注意。我看见阿海爷爷两只脚的十个脚趾头都横向张开，粗壮黑黝，向下勾着，充满着张力、牢牢地贴着地面。院子里的砂砾在他的脚掌下有如平整顺滑的地，贴服地静伏在他的脚下，他的脚就像铁砂脚一样。那是历

练过的，无惧一切的一种融合，就像是树的根系深深地扎进土壤的样子。

那幅画面很震撼我。

我有些好奇，又不敢问，便顺着我和阿海都感兴趣的海南乐队的话题，聊到了当地渔民的民歌。喜欢唱歌的阿海也不扭捏，说着说着随口就喊唱起来，那股声音的力量似是从脚底下生出来，顺着血管往上冲，从天灵盖直接迸发出来，是如此的原生态，如此浑然天成。

听着阿海的歌声，看着阿海爷爷如老树根雕般抓向土地的双脚，我找不到更合适的形容词去描绘我那刻的心情。阿海的吟唱，就像不远处往岸边拍打的海浪一样，一节又一节，并不由人的意志所改变；乘风破浪，奋勇向前，歌声和海浪都是大自然表达的一种载体。而阿海爷爷的那双横向而生的双脚，它自有另外一种魔力，让你有兴趣在聆听中去思索一些更深远的事情。思索海与和它多年来相生共存的紧密的关系。聆听和吟唱也就变成了一种故事的回放。

爷爷回房的时候，我还是忍不住问了：“天凉了，爷爷从来不穿鞋吗？”

“爷爷从来都不穿啊。他们那个时候出海，必须要光着脚才能在木船上牢牢地站稳，稳住舵心，才能摇桨挥舵。所以爷爷的脚是横着长的，时间久了，除了草鞋，就没有爷爷能穿得下去的鞋了。”阿海说。

如果说一方水土养一方人，那我从爷爷穿不进去鞋的脚，和阿海随口而来的喊海的歌，却读懂了什么是属于一方人的一方水土。

渔歌的本质是诉说，而诉说往往裹挟了这个地方最特殊的风味。

他们的故事都刻在他们的喊唱中，和布满沧桑的双脚上。

阿海现在也还会出海。他邀请我们一同上船，正好是下午最舒服的那段时间。天将暗不暗，海风也更加温柔，旁边的渔女已经在岸边开始收网了，金灿灿的阳光给网纱镀上一层金线，慢慢收拢、收拢……我问阿海，夜里出航还能捕到鱼吗？会当地话的朋友打趣道："今晚是吃白粥还是海鲜大餐，那就看阿海的了。"

晃晃悠悠地，我们出发了。阿海向我们解释现在不合适撒网，如果我们想要体验，可以试着用鱼竿来钓鱼。他给我们准备好鱼饵，告诉我们怎么挂，至于能不能成，就全看我们自己了。和平时的印象不一样，我所理解的钓鱼就是湖边老大爷的垂钓，与其说是钓鱼，更像是一种修行。海里船上的钓鱼活动，就显得聒噪和刺激了许多。晃动的船身，摇摆的鱼竿，和更加激烈涌动的海浪，我实在不敢相信这样也能够钓上鱼来。正当我打算将疑惑说给朋友听时，朋友却大叫一声说手里有感觉了，兴奋地起竿。我也顾不得我这头，丢下竿子就跑到他旁边去。朋友顺着鱼线一点一点地往上收，还真的好像有什么重物

在坠着，我一时也激动起来，屏息凝神，眼睛死死地盯着海面。

出来了！

咦？

搞了半天是一场乌龙，朋友不过勾到了塑料垃圾。我哈哈笑着，阿海也笑，朋友只得苦笑着说这也是一件好事，为海南岛的环保事业做贡献了。最终我和朋友颗粒无收，阿海可能实在看不下去了，也下了几竿，他先往海里面撒了一点点血水，吸引鱼的注意，引得我们直呼阿海留一手。果不其然，阿海出手，鱼儿乖乖上钩。

海里长大的孩子，对海的熟识与呼唤，还真不是随意来凭海垂钓的人就能相比的。

我们心服口服。

虽然没有海鲜大餐，但海鲜粥算是有了。海里出来的馈赠，就在船上现杀现煮，好不新鲜。就着海风，厚重的咸腥味扑面而来，神奇的是我并不觉得难闻，反倒觉出一股子鲜甜。

阿海打了一辈子鱼，现在也帮着政府，做一些打捞类的工作。他说他爷爷的爷爷那辈儿还跟着当时的船队走过海上丝绸之路，曾经也是响当当的人物哩。朋友附和道，阿海家里有一些祖上行走海域时在海里捞出来的沉物，那些传下来的陈年瓷器，到了今天，可都是真正的宝物了。阿海憨笑着，不说是也不说不是，就给我们留了个想象的悬念。

也许，在永世未休止过的亘古海风里，阿海和他的家人也将一切的迷失、一切的浮沉都融进了大海，将厚重而深远的历史和故事用另一种方式抓在了他们的手

上，和脚下。

那是他们的海。头上是蓝天白云，双手在风浪里求生，双脚在海平面行走，穿透船板，穿透岁月，深入海底，沁入心底。

所以只有他们才懂得大海。他们才有资格叫阿海。

回北京之后，因为常年的腰肌劳损，我去了家对面的运动损伤康复中心练习普拉提。老师让我练习抓地力，让脚趾尽可能地张开，去感受和运用大地的能量，支撑起自己的身体。我瞬间就想到了阿海爷爷那异于常人的张狂脚趾。那种撕扯后变形的力量，一定是因为常年的海作，他需要强健的脚趾去触探砂砾、海浪、船板的力量，久而久之，习惯成为自然，自然雕刻了他的容貌、身形，以及这一双再也无法穿上鞋子的脚。

那双夸张到变形的双脚，是征服了大海的力量者。

因为他们的脚，是海的根；

而他们的脚下，是大海的根部。

文昌海丝博物馆云帆高张，南洋美丽汇聚瓷器之美

讲完上面那个关于我印象中渔民阿海和他爷爷给我的冲击后，再来说文昌龙楼落地的海丝博物馆，就有了源头。

有了生成的根。

2013 年，习近平总书记提出共建“21 世纪海上丝绸之路”，实行“一带一路”倡议。文昌，这个拥有国家一级开放口岸的滨海城市成为这条黄金丝路上的重要门户。文昌山海天，追溯千年丝路文化，精心打造海丝博物馆。海丝博物馆坐落于一站式旅游度假目的地、海南文昌南洋风情商业街——南洋美丽汇。

海丝博物馆择址海南文昌南洋美丽汇商业街，馆内展示的各类瓷器藏品，不

仅是珍贵的文化遗产，也是我国海外贸易史、陶瓷外销史的历史见证，更是广大人民了解海洋文明史、见证海洋大国崛起的重要窗口。

在这里，件件藏品犹如艺术品一般陈列，你可以了解中国瓷器走向世界舞台的发展渊源、赏析中国八大名窑瓷器历史的韵味、领略这段传奇故事里英雄人物们的风采！

“21 世纪海上丝绸之路”和文昌海丝博物馆

海上丝绸之路自秦汉形成以来，就是连接亚欧非几大文明的重要交通走廊、推动商业贸易繁荣发展的黄金路线，世界文明曾因“海上丝绸之路”而交融和发展。习近平主席访问东盟时提出共建“21 世纪海上丝绸之路”重大倡议，为这条古老的航路赋予了崭新的时代内涵。

文昌龙楼，作为重启航路上重要的一站，积极响应政府号召，坚持经济合作和人文交流共同推进，在人文领域方面精耕细作。2021 年在文昌南洋美丽汇商业街盛大开馆的海丝博物馆，展示了文昌作为港口城市留存至今的丰富文化遗产，带着游客们见证这条航线为人类文明做出的巨大贡献，同时展望崭新的“21 世纪海上丝绸之路”又将如何谱写互惠共赢的时代新篇章。

千年的海风再次敲响了时代的钟声，文昌海丝博物馆就像一座灯塔，照亮来路，亦指引去处。

09

藏在云卷云舒里的爱情故事

是啊，阳光温热，岁月静好，你已来到，我也未老。

写下这个题目的时候，我觉得很温暖。

是那种终于有一种让麻木的心灵悸动的温暖感觉。

而在龙楼镇生活感受的这段日子里，我也一直坚信，在这样脱俗美丽又隐世的村镇里，一定是有一段同样脱俗而又美丽的爱情故事会定居在这里的。

我的坚信没有错，当我知道了位于海边村的民俗客栈云卷云舒，当我认识了祝影和她的本地老公，我知道，爱情最真实的传奇又回到我眼前。

云卷云舒应该是龙楼镇第一个真正意义上的客栈。

城里人现在很奇怪，出门旅游，不想住未经修整过的当地民房，也不愿住星级酒店，他们寻觅并喜爱的，便是这种有很浓郁的小资情调、有主题装修风格的民舍，也就是大家说的客栈。

所以，当龙楼的朋友带我走到海岸风景绝佳的云卷云舒客栈前时，我的惊喜不言而喻。

“是谁这么有天赋，在这里造了一个这样的客栈啊？！”惊喜不已的我问道。

“是村里的外地媳妇，嫁到这里来的一个湖北姑娘。”

不知道为什么，就这一句话，让我闻到了这所房子和房子里的主人的不寻常。

美丽的女主人祝影笑吟吟地站在客栈门口迎接我们。她的笑很甜美，会让我在牵她的手的一瞬间，就自然而然把她当成了多年未见却从未忘记的那个好闺蜜。

祝影带我看她的客栈。房间不多，一共十间，两层楼，今年春节才开始正式营业。因为是新建的，设计的时候在保证抗台风的情况下，都让每个房间尽可能更大角度地看见风景与海景，和照进阳光。

淡黄的外墙，简单的白色内饰，在足够丰富的窗外景色的烘衬下，反而能给人一种最纯粹的安宁。

云卷云舒客栈就在海边村里，几步之路的一侧，住着好几户依然以打鱼为生的村民，收网捕捞、霞光回航的诗意美景，几乎日日共享。

而且是最真实的生活，并非演绎。

我尤其喜欢的是客栈另一侧的椰林茶舍。

其实这样起名也不对，那都不能算茶舍，应该什么都不算，事实就是在客栈外连接室外厨房的那片空地上，在椰子树的斑驳树影下，放了几张桌子和沙滩椅而已。前面就是海和礁石。往海的左前方看去，可以看到远远的铜鼓岭山峰，右方向看去，那就是世人皆知的文昌龙楼卫星发射中心了。

前方斜坡向下的那几棵椰子树上，晃着吊床，也在诱惑着，告诉每一个路过的人，日子似乎就是可以这样慵懒闲散地虚度一次。

一切都预示着，岁月静好，阳光正好，你和我，也正好在此。

但我们故事的男女主角他和她，却并不是如想象的那样，一直诗情画意地在一起的。

祝影和她的老公，是在相识相爱后，又分隔了整整八年，才终于能够相聚在他们一手一脚一砖一瓦修建的云卷云舒里。

关于他们的故事，我是从别人那里拼凑完整的。

简述如下。

80后的祝影是湖北姑娘，当年去深圳工作时认识了来自海南龙楼好圣村的现在的老公，相爱携手，感情甚笃，正要谈婚论嫁，老公回乡探亲时却出了事。

也许是血气方刚，也许是少不更事，和朋友一起出去吃饭，因为一点说不明白的小事，言语激烈争吵时，少年男子便失手伤了人。判得很重，八年。当时，几乎所有人都以为祝影不会再等，很快会消失，过属于她的另一种生活去了。

毕竟，八年啊，对于爱情已变成快餐一样的消费品的年代，别说八年了，就

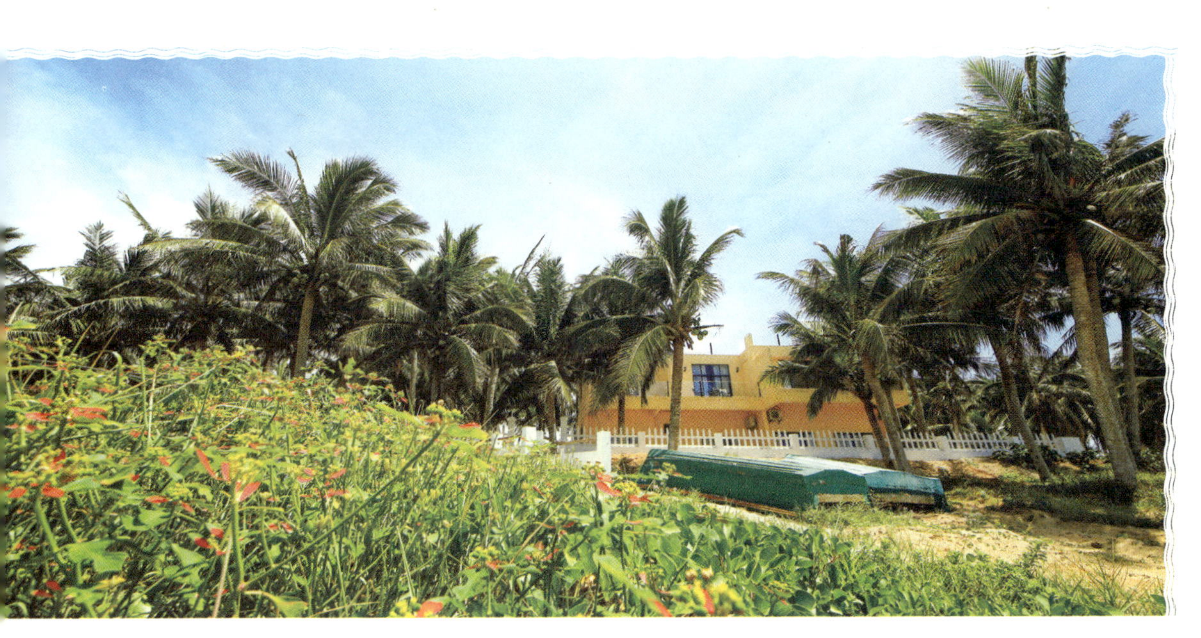

是八个月，都是一场严峻的考验。

没有人会相信这个时代还有这样长久和坚韧的爱情等待。

可是，没有人会相信的爱情奇迹还是出现了。

祝影等了爱人八年。在2016年的时候，终于等到了爱人的自由和回归。

在等待的那段时间，祝影去了西藏和云南，一边行走，一边不间断地给服刑中的爱人写信探视，一边和朋友们开着小客栈经营谋生。

后来，爱人回来了，祝影也如她给爱人的承诺那样，陪他回到海南。当他们牵手回到好圣村家乡举行婚礼的时候，祝影对丈夫说，我们开个客栈吧，就在村里，我们哪里都不去了，再也不分开了。

这样，就有了云卷云舒。

以前在城市里穿整套职业装的“祝拉拉”，前半生谢幕，她此后的未来，开始变身为海边渔村一个面海客栈的年轻老板娘、村子里的媳妇。着布衣舒袖，守店煮饭，看日起日落，云卷云舒，日子过得不紧不慢，却无比踏实。

有一次祝影说起云卷云舒的诞生过程，很感慨。她告诉我，客栈的地是一个朋友的，祝影拿出了这些年全部的积蓄，钱还是不够，朋友又伸出了援助的手。客栈刚修好的时候，从村外到海边村只有很窄很窄的小道，开车进来很困难，市领导和镇领导偶然走来看到，很快，仅三天时间，由政府出资修建的车道就通向了海边村的云卷云舒。

等待已久的祝影姑娘，带着爱情落地归根，在爱人的家乡龙楼镇，感受到了

乡亲们无微不至的温暖包围。

给予生活温暖的，生活必将以温暖回报。

可以说，云卷云舒是祝影和爱人亲手搭建起来的，也是她对未来寄予无限希望的真正的家。客栈完工那天晚上，星月当空，大海一片宁静，仿佛世界也静下来了。祝影和爱人背靠背坐在客栈门口的石阶上，轻舒了一口气，感觉无比踏实。

相亲相爱的小两口开始在宁静的星辰大海中聊起另一种味道的海誓山盟。

爱人说，我们有家了，我们再也不分开了。

祝影幸福地笑起来，说："而且我们还实现了好多好多人一生都在努力实现的梦想生活。在海边有一所房子，有爱人相伴，春暖花开，面海而居。"

是啊，阳光温热，岁月静好，你已来到，我也未老。

这首我在海边村破旧的民居墙上无意中看到，并让我驻足且润湿了双眼的原诗句子是这样的：阳光温热，岁月静好，你还未来，我怎敢老去？！

那份刀刻在墙上的时光与命运的无奈，终于在此刻，此时，此地，此景中，在云卷云舒，在龙楼好圣，在祝影和她爱人温暖满足的笑容里，变成最美好的结局。

花开花落，云卷云舒，爱情若在，便温暖人生。

上树摘椰子 自助做晚餐

云卷云舒椰林茶舍不卖茶，只供应椰子，而且供的椰子就是祝影老公直接爬上椰子树摘下来的新鲜椰子。

这是一道快乐的风景呢。

只要闲坐在椰子树下的客人们说想喝椰子，祝影老公就身手敏捷地立刻爬上树，从头顶的树上摘下椰子来砍给客人们喝。又快又够新鲜，是真正眼见为实无缝送达的原汁原味原生态。

客人们聊天，问：“为什么椰子从来都不会掉下来砸到人啊？”

男主人说：“对啊，海南的椰子从来都不会砸人的，海南的椰子是长着眼睛的。”

客人们似信非信地听了，又一脸认真地选择相信了。

这个时候，走到男主人身边的女主人又笑吟吟地给大家建议了：“我们这里有简易的厨房，虽然还没有来得及翻修，但自己做做吃的，还是可以的。前面村里每天都有村民刚收网回来的海鲜，大家要是有兴趣，可以去买些自己喜欢的新鲜鱼虾蟹回来，自己做晚餐吃啊！”

这倒是个好主意。空气足够好，食材足够鲜，身体和心灵也慵懒够了，那就活动活动，自己为自己做一顿最朴实的晚餐吃，就着眼前的海风，就着树上的椰子水，过一次彻底回归的日子吧。

祝影讲的来自西藏的故事

我一直都想知道，一个身形柔弱、笑容如此甜美的城市女子，怎么会有那么强大的心灵，坚持过八年，顶住压力，等回一个服刑的男友，并回乡扎根。

我没有问。只是有一次，祝影讲起她在西藏开店时的经历，我似乎有点懂得那份坚强来自的源点了。

祝影说，没有去西藏前，她从来不知道，在远离繁华的地方还会有那么质朴的人们。他们朝圣，真的是一步一磕头地向着雪山方向的宫殿，眼睛里充满着不容置疑的光芒，充满着纯洁的坚定。

他们的目光里透着灵魂深处从未动摇过的信仰。

祝影说，只要是去过西藏的人，就会感受到那种对信仰执着的坚强。而且，她更感动的是那份信仰给予他们自己的那

种坚持。

她说，能够坚定地相信一个人和一件事，是一件特别美好的事。

后来，她和朋友去了一座更偏僻的西藏远山游走，听到那个更偏远的山村里的一件轶事。

那个游人都很少去的山村里的村民其实非常富。那片雪山里，有上天赐予的最好的灵芝与虫草，村民们采摘下来，拿去集市上卖给批发商们，便换来了丰厚的钱财。村里的人不习惯存银行，又用不了，便把钱卷起来放在箱子塞进床底下，日子久了，便险些忘了，等想起来去翻出来看时，成堆成捆的钱却早已被山里的土拨鼠们啃得支离破碎，一片狼藉。

换作城里人，面对如此惨况，早已欲哭无泪。但藏民们不，他们捏着那一卷卷钞票废纸，哈哈大笑，乐了一阵，便撒向天空。

祝影问："那么多钱就这么没了，不心疼吗？"

藏民们回答："本来就没什么用处，有什么可心疼的？没有就没有了呗，日子不是一样没受影响吗？"

祝影说，她在那一瞬间恍然顿悟许多道理，内心像明镜似的刹那清亮起来。

当一个人看透了财富和生死，就没有什么放不下的了。

坚强和通透的力量与能力，在远离城市、远离繁华的地方，让这个遭遇了人生与爱情困境的女子找到了。

祝影从此爱上了离开城市的日子，去寻找生活的真谛。她去西藏，去云南，边开客栈边云游，同时静心等待自己的爱人回来。在还未被城市文明完全渗透的远山远水里，用另一种方式坚守自己的爱情领地，坚守自己心灵的圣殿。

所以，我特别自然地懂得了这个城里的女子，为什么会嫁来村里，来龙楼修筑她爱情的云卷云舒了。

繁花盛世，最干净的情感，也许总是要在最干净的远处，才能最干净地相守与存在吧。

龙楼爱情，有一个，一定是在云卷云舒。

通往海边村的那条路

我真的是非常非常喜欢这条土土的小路。

所以我非常任性地要把这篇文章放在这里。

当然，这条路是通往海边村的一条路。

从钻石大道一路往海边开，快开到好圣村标志性的迎宾大门前时，在右手边，就会发现一块木质指路牌，右转，就是通往已经在网上小有名气的“云卷云舒”和“涛声以就”客栈的路。是的，我没有写错，互联网时代，为了避免成为网红店后被说侵权，远在海边的渔村客栈，一早也有了商标意识。

我现在要隆重推出和介绍的是这条通往海边客栈的路。

三个字形容：特别美。

如果让我再多说几个字，那就是：特别特别美。

就像我的前半生在重庆生活的时候，对每一个第一次来重庆的外地朋友，我都会叮嘱了又叮嘱：“你坐晚上的航班来哈，一定要天黑了再到，你一定要看到夜色下的重庆城，才会知道这里有多么美，你才算真的来到了重庆。”

一样，我也会一再叮嘱被我推荐去海边村的每一位朋友：“第一次你一定要白天来走这条路哈，开车开慢点，一路风景，不要错过。你会觉得不是在开车，而是在一片茂盛的田野椰林中穿行。”

是的，那条路并不规整，土土的，窄窄的，对面来车，都要停在岔口让道才能过。可是，两旁茂密并且因为强台风吹刮而姿态各异、哪怕倒在地上依然在生长的椰子树，佯装受了惊吓一跃而过的老母鸡，树林下时而出现的一幢静静的老屋，都让人瞬间回到另一种天地。

是的，路上风景无限，但都是在有心人的细微发现之处。

举个例子。

有朋友从惠州来，被我强迫日行此路，在海边村的海边看足了海景后，打道出村。我依然缓慢开过我最喜欢的这条路，然后，听见副座上朋友一声紧急尖叫“停”，我傻愣愣在路中间停车，看见朋友冲下车，冲到路旁椰树草丛里，一会儿就从地里挖出一大坨野生巨蘑菇来，兴高采烈地告诉我们一车人：“太好了，晚上拿这个炒肉吃，绝对美味！”

晕。我知道我这朋友是超级吃货，但能把吃货本性发挥到这般境界，在路过的茂密林间草地不是看尽风景，而是于风景处一眼精准找到他钟情的食物本物，也是真本事了。

那天晚上，我们真的不管不顾，加炒了这道“路边的蘑菇炒肉片”。

再后来，每次我再走这条去往海边村的林间土路，总是下意识在想，还有没有大蘑菇吃啊，然后，就情不自禁笑起来，仿佛唇齿留香了。

林间的风景也就“色香味”俱全了。

10
连接山、海、天之间的海边木栈道
淇水海岸，逶迤而行。山在后，天在前。

來龍樓

来龙楼，我总是住在希尔顿酒店，不是因为别的，只是为了希尔顿酒店外面面海而建的那条长长的木栈道。

海边木栈道原本就是海南各大楼盘和酒店各自大力打造的风景着力点。我看过也走过很多这样的木栈道，风景各异，各有特色。而希尔顿酒店海边这条吸引我的木栈道，却真的是因为它无意而有意间连接着的山、海、天。

在鲁能的规划里，这条已修好建成三公里的木栈道全长将超过八公里。什么概念呢？就是沿着现在已建好的酒店门口到山海天销售中心的这三公里，两边延伸，一边尽量无限靠近远处的卫星发射中心，一边继续向铜鼓岭方向伸展，穿过无垠的海边沙滩椰林和草木，直达石头公园，围绕着铜鼓岭山脚，绕岭而行。

全长超过八公里，贯穿几乎整个淇水湾。

再说仔细点，就是如果你去铜鼓岭和石头公园玩，那么你不用开车，可以选择骑着自行车，或者体力够好，就步行，或跑步从山石的这一头，顺着海岸线，一路行走到临近卫星发射的最近处。

淇水海岸，透迤而行。山在后，天在前。

每次我给新到龙楼的外地朋友介绍起这条栈道，都喜欢说这是一条“接天接地接大海”的道。

所以我愿意给这条栈道起名叫“连

接山海天”。

名副其实。

住在希尔顿酒店，这是我早起或者黄昏最愿意去独行的一个小秘密。

除了在前在后的航天未来与山石过往，我觉得那条穿过椰林和沙石、正在连接过去与未来的海边木栈道，是有秘密可以去遇见的。

有时候，一路风景，是会悄然蕴藏并收集着如沙石般丰盛的人间景象的。

无论散步还是晨跑，我都爱观察和我同时踏上这条木道的人们。

他们从哪里来的？为什么而来？他们的故事也像这条栈道的中端在此刻停驻吗？他们是不是也像我这样，能发现这条木栈道如文学般诗意地连接，看见铜鼓岭和石头公园的千年之前，还有与天连接的无限未来？

我的故事里的山、海、天栈道，就是在无缝而巧妙地连接了龙楼小镇的过去与未来。

而我们正在从路上的风景穿行而过。

当然，也有别样的风景。

有天晚上，一群朋友吃饭。鲁能的一位资深帅哥说起几年前刚被调派到这边

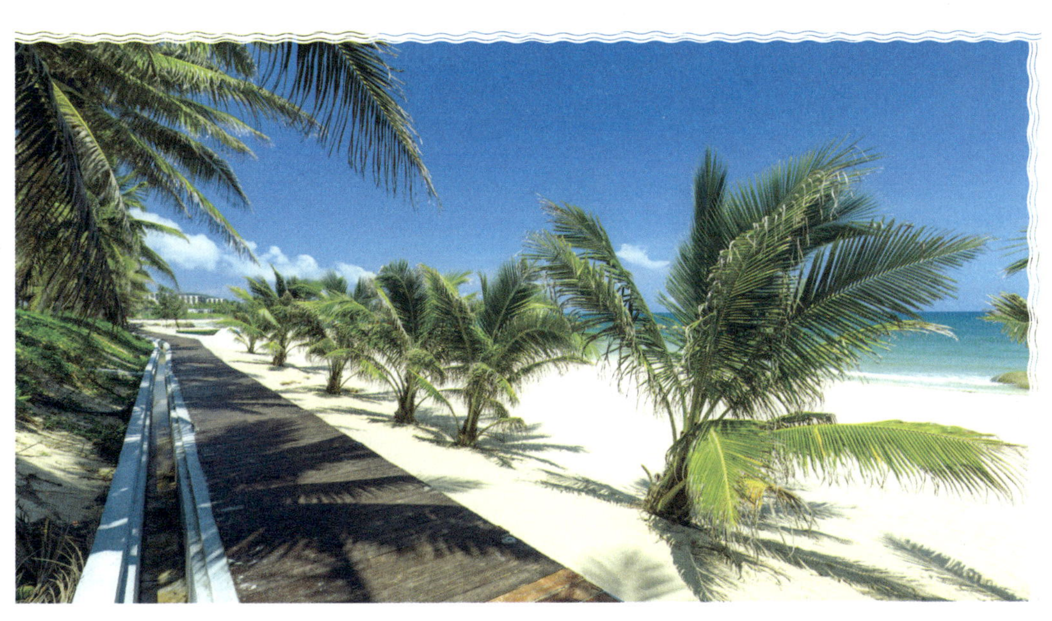

来工作时，身边亲友同事无不用略带同情的口吻宽慰他，并承诺都会来看望他。当然，看望的意思是，同情他被调到了一个比较偏远且不够发达的渔村小镇。但几年后，所有来过的人都换了口气，他们更多的是羡慕，羡慕嫉妒加敬佩。羡慕龙楼是这么美的一个海边镇，嫉妒他能在风景这么优美的地方工作生活，当然，更多的也是敬佩，敬佩他们在这么短的时间里，给地方建设带来了如此巨大的变化。

帅哥说这番话的意思当然是得意。他说着说着，也开始说起这条木栈道，他说，只要在龙楼，他每天早上起来后必做的一件事，就是晨跑。而晨跑的首选地，当然是海边的木栈道。沿着海岸线的木栈道跑完一个来回，神清气爽，就感觉所有的力量和胸怀，都在这段慢跑中见山见海地回来了。

而见山见海的奔跑中，更多的，当然也是在晨起的阳光里，见证了来到龙楼后一天天的变化与惊喜。

自豪便油然而生。

我听明白了，原来是风景同道中人啊。好，那我明天早上再早起一个小时，不用约，我也会和帅哥在同一条栈道上相视而过。

这样能预见的遇见，一定是在海边同一条木栈道上。也一定是来自喜爱同一片风景的人。

这是我们可以共同看见的山海天。

当然，我更加无限期待的是，我命名的“连接山、海、天”全长八公里的木栈道能尽早完工，能让我在这条看见未来和过去的栈道上遇见更多的风景。

预见所有的遇见。

关于山海天的 N个版本解说

听到过很多种关于“山海天”的解释，筛选了一下，除了海南岛上耳闻目睹的那句广告词外，我个人其实更喜欢这样两个解说。

一种是民间戏语，但是很直白简单。

“山东人和海南人共有的一片天。”

另一种比较官方，也比较有情怀。

“山，如脊梁，如铜鼓岭一样坚强；海，如胸怀，如龙楼的大海般开阔；天，如未来，如航天般充满希望和想象。”

我相信无论对龙楼还是鲁能，他们一定都是有着共同的豪情和情怀的。

有诗为证。

我在这里就直接借用鲁能朋友发在微信圈里的一首小诗吧。

忆山海天

纤纤齐鲁女，踽踽南国行，
行至紫贝郡，但觅山海天，
辙掣风疾数十里，素面无心理红妆。
隔岸眺东方，雪浪卷银光，
白云舒素卷，珊间鱼戏忙。
婀娜青椰白沙嵌，逶迤栈道礁岩镶。
铜鼓岭风萧雨细，海石滩落霞似凰，
淇水湾涛声栩栩，淘旧梦，涤新伤。
谁家髦士画中行？憨憨少年郎！
“长征”神驰豪雄势，一箭怡然遨穹苍。
欲与山海相偎傍，佳期短，伊人忙。
而今“朝外”无静处，夜夜车马踏灯行。
谁道青春无执念，朔气凌云梦里牵。

第一次读到这首诗时，我瞬间就能懂得从北国远方来到海南文昌的山东人，对龙楼的深情挚爱。

外地人，一样会对自己付出汗水建设的异乡土地，倾注如家乡般爱恋的。

他们不但共有一片天，也早已共同融入同一片热土里了。

11

宝翎河湿地的精神家园

我忽然想说，那也必将成为每一个走进龙楼的人的精神家园。

还记得我在前面写到的那个穿着高跟鞋走泥地如秀场的豪情女子吧，那是在鲁能工作了很多年的重庆女郎秦美女。

文昌鲁能项目一开始，秦美女就从三亚调了过来，屈指算来，她在龙楼镇已是六七年了。

秦美女当然对山海天和龙楼镇非常熟悉了，可是，当我受想来这里买房置业的朋友之托，找她了解一下鲁能山海天楼盘的详细情况时，秦美女想了一下，先是去销售中心备齐了一套楼盘资料和户型图给我，然后对我说："这些资料上能看到和了解到的，我就不跟你介绍了，我知道你更喜欢眼见为实，也能想到你和你的朋友们如果要来这里买房度假或者定居，更想得到的是什么。"

"走，今天我带你去楼盘和房子之外的另一个地方。"秦美女兴致勃勃地说。

她勾起了我的好奇心。卖房子的地产开发商不介绍房子给我，那要带我去哪里，看什么？

"去了你就知道了。"秦美女卖起了关子。

我们开车往海边走，沿着龙楼镇这几年修的宽阔而又四通八达的马路，一直开到了一个我在龙楼还没有到过的地方。

那里其实就在铜鼓岭山脚下的一侧。沿着山岭脚下一侧往里面再开往的方向，是山下月亮湾的出海口。

说是路，其实当时好多地方还正在修。我们后来往出海口的那个村庄开的时候，狭窄而破旧的路面，和一旁山岭下坚硬的树枝，一直在颠簸和刮擦着我们的车身。但在那样的氛围里，在安静的山下，海在近前，听着生长了几百年的植物和金属清脆的碰撞声，有一种莫名的畅快。

也很痛快。

秦美女带我来看的当然不是海，也不是山，她带我来看的是湿地。是属于龙楼，也属于鲁能的正在复育的宝翎（陵）河湿地公园。

我在这里用了“复育”而不是“修建”这样的词，是因为我后来无意之中看到一篇微信圈中鲁能的朋友发的文章，那篇文章对我后来寻找宝翎河湿地的过去现在与未来，有了更准确的定位。

先说说秦美女带我来看的这片湿地。

我们大家都知道，湿地之美，不仅仅在于它有多少植被、河流、快要消失的飞鸟与河禽，也不在于它有多少多少棵红树林的存活量与面积。

我们只知道，我们要抢救离我们越来越远、越来越少的大自然给予的纯粹的东西。那种最自然而然接受阳光、雨露、风霜、冬雪长成的东西。

那才是万物生长的本相。

所以，有社会责任感的地方政府和开发商，都会把这种对自然本相的保护放在首位，放在楼盘之上。

所以，就有了鲁能和龙楼整体规划中的一个个超越楼盘开发体量的对自然还原的规划。

这也就是我说的“复育”。

站在那片一半正在还原，另一半还在等候的湿地上，我很感慨。它靠山临海，风景绝佳，远处树林，时不时有不知名的鸟飞起，又回落到另一块河边草丛，风吹过时，树叶哗哗舞蹈。阳光下鸟鸣草动，闭上眼，就能感受到穿透心灵的温暖与感动。

那是我们要的生命的纯粹与感动。

但我们也知道，纵使风光再好，但曾经的围塘养鱼，台风肆虐，日晒风化，等等等等，都给这片绝美的湿地风光造成了重大伤害，那么复原和培育，就成了开发龙楼风景的重中之重。

复育也有很多种，有一种是大力重建，花很大力气修很多东西。另一种，却是秦美女介绍的鲁能人的“轻打扰”。

我很喜欢这个词。

秦美女说，鲁能人定下的原则是，一切按原样抢救并修复，重点在原生植被与河流的旧貌重现上，而不是再造。而未来作为公园休闲主题的体现过程，也是秉承尊重自然，不破坏自然，人永远放得比自然矮和低的姿态来交流。

这就是鲁能人说的“轻打扰”。

我在这里郑重其事地放一段微信圈里鲁能绿色发展计划之恢复海岛红树林的原文。

不是广告，是感动。

也许，透过这样的文字和行动，我们反而能看到开发商们在追求经济效益背后的情怀与真诚。

海南文昌红树林，

连接铜鼓岭山和海洋的海上森林公园，

中国南海防风固沙的海岸卫士，

中国具有唯一性重要价值的生态宝藏。

当鲁能入驻文昌，

着手开始开发鲁能山海天的时候，

红树林正值危机。

围堤、采沙、取土……

毁林挖塘，大造岸堤，

一系列的人工养殖虾塘，

阻断了红树林区域的正常潮汐，

十几种植被生态被破坏，

红树林大量停止繁育，成片死亡……

鲁能集团，履行央企责任担当，

践行绿色企业理念，

身先士卒，与联合国开发计划署以及生态环保组织携手，

协助海南省文昌市恢复海岛红树林生态，

制定宝翎河湿地公园的生态复原规划方案。

No.1，推进红树林项目加入GEF全球环境基金中国湿地保护体系，提高社会对该区域的重视程度。

No.2，以1987年该区域的遥感图片为参照进行模仿恢复，致力于将文昌红树林区域恢复至20世纪80年代的完整状态。

No.3，鱼塘全部整改回填，还原初始地形。

No.4，人工制作潮汐沟槽分支系统，建立红树林生长的自然地形。

No.5，依照植被的不同习性，将种子自然散布在不同海拔的不同环境，最大化恢复多样化的水生动植物。

……

鲁能集团，将全力致力于恢复由红

树林湿地、藻类、鱼类、昆虫、200 多种鸟类汇聚而成的完整生物链，

真正实现建设中国唯一一个，

集高山、海洋资源的红树林湿地公园的美好愿景。

真的不是广告，是发自内心的感动。

至此，我完全明白并能领略到秦美女不带我看楼盘却去看湿地的良苦用心。那才是她和鲁能人的骄傲。她的心里和我的心里，开发商的心里和购房者的心里，如果能在环境修复的问题上有了共同点，购不购房其实已经不重要了。

看见开发商的格局和底气，比看见楼盘更让人放心。

很多天以后，回到北京，当我和来北京开会的一位曾在龙楼工作过的当地朋友说起宝翎河，他沉默一秒，告诉我："那是龙楼的另一颗明珠，是我们的土地，我们的精神家园。"

我忽然想说，那也必将成为每一个走进龙楼的人的精神家园。

临别之时，他又给了我一句话，至今震撼在我的心上。我愿意用这句话，来作为对宝翎河，对龙楼，对文昌，对鲁能人最大的点赞：

"那就是孕育生命的地方。"

醉美山海天之宝翎港

宝翎河湿地公园景区介绍：

宝翎河公园位于海南省文昌市铜鼓岭国际旅游区东部，占地124.5公顷。公园内有宝翎河穿过，极富自然特征，并以大面积的池塘、红树林为主体，营造了一个绿色原生态公园。公园内设有荷花池、生态农田、红树林景区、生态鸟景区等景观。置身此秘境，人们返璞归真，心情愈发平和宁静，这里是休闲度假、体验自然的绝佳去处。

12

龙楼四宝加第五宝

如果美食能吃出自然的意境和食物味觉以外的味道来，那才是人生的美味。

去龙楼玩，龙楼四宝当然是必须品尝的当地美食。

龙楼四宝是四道菜：海胆、海白、龙虾与鲍鱼。

其实这几道菜，海南处处村镇都会有，那为什么要叫龙楼四宝，为什么到龙楼就必吃这四样海鲜呢？

对于鲍鱼和龙虾，当地人就是靠主打原生养殖，将自己的海鲜卖到日本，卖到海外，卖到发家致富的。从这一点，就可以知道龙楼的鲍鱼有多火，品质有多好了。

但我重点要说的是前两样。

我负责任地说，龙楼的海胆与海白，一定是我到目前为止吃过的最好的海胆与海白。

最初到龙楼的时候，直奔海边的第一餐饭，一般都是海鲜盛宴，朋友点齐了龙楼四宝，然后告诉我，你要是没吃过这几样东西，那就等于没来龙楼吃过饭，等于白来了。

这么夸张？！

但那段时间我有点海鲜过敏，吃得就有点小心翼翼。我把眼前的海胆吃光后，

忍不住点评道："这个海胆有鸡蛋和海洋的气息，太嫩太鲜美了！"

桌上的朋友们都笑了，估计他们没有听到过这样牵强和奇怪的比喻吧。

是真的，那份鲜嫩，就是让我情不自禁要想起鸡蛋的嫩和海洋的鲜来。

不记得以前是在哪里看到过这句话：如果美食能吃出自然的意境和食物味觉以外的味道来，那才是人生的美味。

还看到过另外一句话，说用阳光和心情做调料，做出的早餐里是有爱情的味道的。

我在这里，只能用这样的比喻，才能准确表述我从舌尖至味蕾的透彻感受：

龙楼的海胆，就是能吃到大海的味道。

吃完海胆，我停住了筷子。

龙楼的朋友看着我笑："怕过敏吗？没事的，你记得吃虾的时候把虾头上的黑眼睛吃下去，这里野生虾的眼睛都是可以解毒的，保证让你吃多少海鲜都不会过敏，比什么抗过敏的药都管用呢！"

真的还是假的？说话的朋友很认真，并且立刻示范给我看，让我不得不信，也就跟着他吃起了虾眼睛。

吃完虾眼睛，心里有底了，面对转到面前的一盘色香四溢的海白，我不再迟疑，直接上手开吃。

真的真的非常非常好吃！无比鲜美。更负责任地表述一下，如果前面海胆是吃到了大海的味道，那么现在的海白，就是让味觉和身体都沉到了海洋深处的七彩世界里。

我真的不是在夸张。至少从此以后，每次再去海边那家店吃饭，我都给自己就定一盘海白的量，毫不客气地一扫而空。

人生在世，美食是第一不可以辜负

的。毕竟前有“民以食为天”的古句，今有“舌尖上的诱惑”的教导，都是和我的格言不谋而合。

我的人生格言是：热爱美食，热爱生活。生命不止，减肥不提。

在龙楼吃了这么久，个人以为，龙楼四宝当然是要去吃的，要是一顿吃不了那么多道美食，那么海白与海胆是首要先品尝的。不然，就一定会后悔。

最后还有一道最好的菜，虽然我答应过龙楼的朋友，这道菜真的不必写，也不要让太多人知道，但我思考再三，决定还是应该偷偷写在这里。

美食共享也是我的第二条人生格言。

龙楼第五宝是紫菜。

当然，此紫菜非彼紫菜也，我在这里给大家隆重推出的龙楼紫菜是指村民们在铜鼓岭和石头公园上临海攀石徒手采摘的真正的野生紫菜。铜鼓岭仅此一座，所以紫菜产量非常少，不但少，一年之中能生长并能采摘到的日子也就只有几个月，这样一来，能吃到真正野生紫菜的人也就非常少了。

所以龙楼人不推第五宝。

推了也不够吃，也找不到那么多野生紫菜来请朋友们吃。

我当然吃过。一直“赖”在龙楼的我不但有幸吃过正宗铜鼓岭山崖的紫菜，还学会了最标准的紫菜鸡汤的吃法。

我们吃的紫菜都是洗净晒干收藏好的，先熬一锅鸡汤端上桌，记得千万不要把紫菜放进大碗汤里，要用小碗先各盛一碗热热的鸡汤，然后把干的紫菜分成小块，每人一块，再把手里的紫菜放进自己的小

碗里。当然，鸡汤的温度太高不好，太低也不好，高了会烫死紫菜的鲜美，低了又烫不透那份滑软入口。经过反复试验，我和龙楼的朋友们共同认定以 60 度到 80 度的温度烫紫菜是最合适，味道最美味。

至于怎样才能判定碗里的鸡汤是不是标准烫菜的温度，呵呵，这样的技术难题就不要问我了吧。

龙楼紫菜，吃的就是那份干干净净又蕴含自然元素的天地精华。而每次吃完四宝后，再喝到那份鲜美可口、百味缠香的汤，我的眼前就会浮现村民们攀附在铜鼓岭山石的景象，便更觉珍贵，必将汤与菜吃得点滴不剩。

第五宝介绍完了，能不能吃到正宗野生紫菜，那就得看运气，看各位的能力和造化了。

有一次，有位朋友听我说起龙楼紫菜之珍贵源来时，冲口而出："那我自己上铜鼓岭山上采去！"

我捂嘴笑。这也是一个好主意，顺便把攀岩运动也做了呢。

醉酒顺发地

也有更多朋友一定要我告诉他们：在龙楼，哪家店吃的龙楼四宝和紫菜是最正宗的？

这还真的很难推荐。

我只能说，只要在龙楼的店里吃的龙楼四宝，食材一定都是新鲜真实，保证本地生长的，但做法就全凭手艺高低，食者的心情也要看更喜欢什么样的环境进食了。

对于风尘仆仆从城市飞过来的外地游客来说，当然是喜欢海边，大排档，越原始越土就越好。

满足这三个条件的地方我首推顺发。

顺发海鲜大排档在龙楼海边，我被龙楼的朋友带去吃过无数次，我也会带每一个飞来龙楼找我的朋友去吃。

味道好是其一，关键是那片湾和那片海，让去到那里坐下来吃饭的每一个人都会沉醉。而只要去过一次的人，都会挪不动自己的脚和眼睛，下次再要说吃饭，一定首先就选顺发了。

顺发真的就是个简陋的大排档。一个海边沙滩坡上的临时大篷，四面无遮，要是遇到风雨大的时候，雨水夹着海风就直往篷里吹来，大篷就开始摇摇晃晃。也因为四周无遮挡，所以喝点酒微醺的状态下，就直觉要在这里与天与海与浪同醉了。

很多朋友都在那里醉过。印象中醉得最厉害的是一位闻讯过来度假放松的外企金融高管朋友。

我们都知道外企金融业的压力和节奏有多大多快，在他们的工作排表里，几乎是密不透风到连喘气的机会都没有。而我这位海归朋友平日里生活也是非常自律

严谨与苛刻，能来海边度两天假，对他来说，已是世外桃源般的享受。好吧，到了世外桃源，原本的清规戒律与自我约束那就打破一下吧。

这位朋友是不喝酒的，但那天坐在海边的顺发大排档，他第一次主动要了酒喝。而且是度数很高的白酒。

我看着我的朋友有点发愣。他说，他真的从来没有醉过，他没有机会让自己醉，也不知道醉了是什么滋味。“但是今天，我真的很想在这里把自己喝醉。”

他如愿以偿，那天到最后的确喝得烂醉如泥人事不省了。

对着那片海喝完那瓶酒后，有谁能不醉？！

可是，如果能在一个让自己真正放松的地方完全彻底地让全身心都醉透一次，也是一场生命能量的补充和发泄啊！

说说铜鼓岭的鹧鸪茶

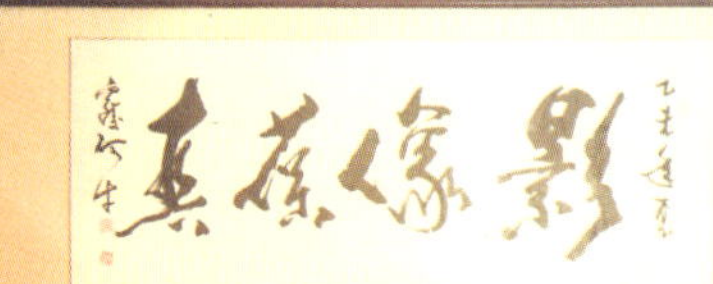

继续说吃的喝的。

四宝我就不说了，名声早已远播，而龙楼紫菜，真的，一时之间，我还真没找到官方或民间的文字说法。好在我都倾囊推荐了，吃不吃就看各位对美食的欲望，吃不吃得到，那就看各自的运气了。

说完龙楼四宝、五宝，我在这里想给大家再番外介绍一样龙楼铜鼓岭的特产鹧鸪茶。

铜鼓岭真的是个很神奇的地方。紫菜到处有，但一定是生长在它的悬崖峭壁和礁石上的最珍贵。而海南岛一样到处都生长着的鹧鸪茶，也一定是铜鼓岭的最地道。

铜鼓岭鹧鸪茶，高七八十厘米，叶形两头尖中间宽，长十厘米多至二十厘米，性僻耐旱，生长在山岭的石缝间，自古以来为野生，人工难以栽培。此茶香冽，甘醇，品质独特，叶大色鲜，冲泡时呈淡青茶色，再冲泡时呈淡橙色，汤色清亮，汤面泛有植物油层，饮之甘香如饴，有类似甘草香味。

铜鼓岭鹧鸪茶香味浓烈，饮后余味无穷，又能解毒清热消食利胆，是最理想的解除油腻、帮助消化的一道茶品。

再补白一句，以铜鼓岭的仙气，也真的只有它的紫菜和鹧鸪茶能聚天地海洋之精华而长成。

耐心去寻找吧。

13

因为爽爽，终于懂得文昌鸡

所有的美食，永远都代表着一份家乡的味道和思念。那是深入骨髓长在血液里的乡情。

我们都知道海南的四大名菜之首就是文昌鸡。

所以到了龙楼，除了龙楼四宝海鲜菜外，文昌鸡也是不得不吃不得不提的一道菜。

我当然吃过无数次文昌鸡了。毫不客气地说，有的时候吸引我不辞辛苦飞海南的另一个重要原因，就是去吃文昌鸡。

但是，也毫不掩饰地说，曾经在海南别的地方吃过无数次文昌鸡后，再来到文昌本地吃，发现味道竟然有些不一样。

我的感觉是，在文昌这边吃的文昌鸡会更肥嫩可口有劲道，更适合喜欢嚼食的食客，但口味相对清淡的我就有点郁闷了，往往望着朋友们盛情转送到面前油旺旺的大盘文昌鸡发呆，不知是该下口还是不下口。

还有很重要的一点，我一直没好意思开口问朋友：为什么这边的文昌鸡肉我反而会咬不动？

疑问存在心里，不好意思问，也怕辜负了我资深美食爱好者的名声，也就忍住了不敢问。

怕问了这么简单的问题，被身边熟悉的朋友一通嘲笑。

熟悉的朋友不问，不太熟悉的总可以问吧。

所以那天和一群好朋友又去镇上我们最喜欢去的“爽爽美食城”吃饭时，我

从包间溜出来，拉了张凳子，坐在爽爽家中庭的花园架子下，看见精明漂亮的爽爽家老板娘得空了，就脸上挂着笑容没话找话地凑上去和她开始聊天了。

话题当然引向我存了很久的疑惑。

我先夸了一下她家的美食，老板娘很开心，她当然知道我经常和朋友来这里吃饭，所以我的夸奖是真心的。

“可是，”我话锋一转，有些尴尬了，“为什么我在这里看到的文昌鸡比别处肥嫩，吃起来反而没有别处的文昌鸡这道菜那么好咬呢？照道理说，在文昌吃的文昌鸡应该是最正宗的啊！”

“那当然啊！”爽爽老板娘微微一笑，“这点你放心，我们这里的文昌鸡肯定是最正宗的。”

“而且你说没有别的地方的好咬，是完全正确的。最正宗的文昌鸡就是要有嚼劲，有力道，肥嫩而不腻口。”

漂亮精干的老板娘以专业的态度点评完后又问我：“你知道文昌鸡为什么这么出名？知道它是怎样饲养出来才有这么独特的味道吗？”

说到我心坎上去了，我正想知道呢。

爽爽美食城的老板娘遇到这么认真讨教美食渊源的吃客，兴趣也来了，她娓娓道来，把文昌鸡的起始由来、特点特色，一口气给我讲了个全。

我终于听明白了，然后用书面的语言把漂亮老板娘讲的核心要领总结并摘录如下。

文昌鸡的饲养过程一般是孵化小鸡，适量喂养，笼养催肥。这时用的饲料是花生饼、椰子饼或少许椰丝、蕃茨、大米饭

混淆热喂，同时要把鸡放置于安静避光处，让其“心宽体胖”。由于高营养催肥，肉质就变得肥嫩可口。

正宗的文昌鸡，项鸡体重一公斤左右，鹌鸡体重约两公斤，体圆、头小、脚短、翅壮。

文昌鸡肉质脆软，还须有地道的烹饪技术，精烹细调，才可使鸡味美嫩香脆，更加可口。

文昌鸡吃法多样，当地人喜欢将其宰杀后做成白切鸡、椰子乳鸡、酿鸡、炸仔鸡、姜汁鸡、炖鸡等。

最经典的白切鸡的做法是，在宰杀鸡的前三天，给鸡喂上一点醋黄，可使鸡肉添香、骨软、肉脆，宰杀洗干净后，在鸡肚放数片生姜和味精，在杀鸡口放一个茶匙，以使热水流畅，细火慢煮四五分钟，把鸡翻过去再煮四五分钟，热水不要沸腾，鸡皮变黄、骨髓带有血丝即可。

而文昌鸡的标准吃法佐料配置是：常用生姜、蒜头、葱茎、精盐、米醋（或橘子水），用煮鸡热汤混在一起（适量），然后加入少量味精、山茶油或花生油。这就增加了白切鸡的美味。

综上所述，吃用文昌鸡有三个重点要素：挑选正品，煮熟适度，巧配作料。

“那就是说你们选用的鸡全是上面那种方法饲养出来的？”我问。

“当然，一丝不苟。”老板娘说，“一定要按照正宗文昌鸡的喂养方法做出来的文昌鸡，才是对的。”

“所以你才会觉得在这里吃到的文昌鸡和别的地方不一样啊。同样的做法不同的鸡，那不是正宗文昌鸡。”老板娘笑

笑，“不管去哪里，我们都能一口吃出那个味道。”

这个是真理。所有的美食，永远都代表着一份家乡的味道和思念。那是深入骨髓长在血液里的乡情。

讲到这里，文昌鸡闻名天下的人文故事传说也自然跃于纸上，不写不快。

文昌鸡究竟是如何出名的？

据传清朝锦山地区一位韩姓人氏在浙江做大官，某年春节回家探亲，将要离家时到潭牛天赐村拜访老学友，这位学友用正宗文昌鸡款待他，食毕美味，他便又挑选了几只带回浙江，款待朋友，从此，这款出自文昌潭牛的文昌鸡就开始声名在外了。而到了1936年，担任国民政府中国银行董事长的宋子文先生回乡探亲，临走前他什么都没带，就带了几只从小吃到大的文昌鸡回南京。也就是这么简单的一份家乡美味，让远离故土的将士们吃到了一种温暖。

而走得越远，那份对故乡的眷恋就更深，也就都凝聚在那份从小熟悉的味道里了。

所以美食的真正味道，永远都超出它原本的制作工序与流程。永远都有恒久的家乡故事在里面的。

从此以后，文昌鸡更加飘香海内外了。

14

老街旧楼往日时光里的糟粕醋

老街，旧楼，一只土碗盛上来的糟粕醋，往日时光涌上心头。

听说过海南名小吃糟粕醋很久了，这款出自文昌铺前的地方名吃，我第一次吃，却是在龙楼。

龙楼有一条非常漂亮的大道，进镇后就可以一路开到底，开到正在蓬勃规划建设中的鲁能山海天。而在龙楼小镇上的背街处，如果仔细去寻觅，就会找到各式各样的海南小吃小店。

那天，我一时兴起，将车停在路边，一路小街小店寻觅过去，走走吃吃，吃吃停停，吃完抱罗粉又吃清补凉，最后又上了一碗糟粕醋。

真是“糟”了，肚子撑得好饱，我看着这一大碗糟粕醋直犯愁，眼睛告诉我要吃，肚子却有心无力了。

我还是吃完了它。

觉是不过就是一道酸酸辣辣的小吃而已。

完全改变印象与感觉是在几天后的铺前镇之行。

那是我和海口的朋友在文昌办事时经过文城镇最有名的那条老街。我是一个

看见古镇老街就挪不动脚的人。朋友看见我的模样，立刻决定带我去更老的一条老街。

“带你去铺前吧。”他说，“得带你去看看那里的老街，吃一下那里的糟粕醋。”

“为什么？”我问。

“要有历史和时光的味道啊！”平时说话干脆明白的朋友突然冒出这样一句文绉绉的话，我乐了。

我们开车直奔铺前。那个我听说过很久却一直没有去过的著名的海南历史老街。

铺前镇我是第一次来，我们先到的是临海码头广场。目光越过眼前的那道海，看见海面上正在架设的无数个桥墩，看见远处海对面的海口的高楼，感觉到了一种触手可及的连接与召唤。

正在修建的铺前大街，即将成为文昌和铺前镇通达海口的最快速而便捷的大桥，也是意义非凡的一座大桥。

站在那里，再想起我每次自文昌到龙楼镇而必经的另一座大桥——清澜大桥，真的就会觉得以前说的“一桥飞架南北，天堑变通途”是如此地形象与真实。

每次从谷歌地图上看文昌，我都愿意这样理解，清澜大桥和铺前大桥就是文

昌即将腾飞的两个翅膀，它长在文昌城的两翼，曾经一海相隔还未连接时，它沉默而安静，不算顺畅的交通，反而让文昌这座往日历史文化名城恰到好处地将自己的特色保留了下来。而当一个更适当的机会来临，它谋定而后动的起飞，才必将让世人瞩目。

我们现在都知道了，发展是好事，但过早过快的发展，有时候也会留下诸多遗憾。

还好我们还有龙楼，还有铺前，这样能清醒地认识到自己后知后觉的优势与长处的后发展的小镇。

我们从码头广场往那条老街走。

“这是真正的老街了，几乎没经历过任何有规划的修缮与翻新。”朋友边走边感叹。

“你看看那些斑驳的墙皮，锈迹斑斑的老木门，摇摇欲坠的阳台，和杂乱无序穿房而过的电线，就知道它是有年代的。”

朋友的感叹说出了我的心声。

这几十年来，我们拆了很多旧楼，又建了很多高楼，城市大厦开始如森林般密集林立。而当我们处在太多钢筋水泥和金碧辉煌的大理石塑造出的那份现代文明的傲娇与冰冷时，我们的心其实是疲倦和孤独的。

所以我们要往回看，我们向往逃出匆忙而冷漠的城市。我们又开始修古城，试图造出我们怀念的往日时光。

但那都不是我们最终想要的。我们回去，除了想看见被我们快速拆掉而回不去的过往景象，我们更渴望的，是能在那样的景象里闻到沉淀在老物件和老建筑里的岁月的味道，触摸到熟悉的那份情怀。

那才能证明我们的人生。

证明真的历史。

所以未被规划翻修也未被拆建的铺前老街，就成了文昌海南人，以及所有到这里来过的人心底的童年记忆和映像重现。成为我们可以偶尔回去的过去。

在那里我们能找到什么？！

至少一碗糟粕醋。

走到一家老店门口，它家就在卖糟粕醋。

而且只卖糟粕醋。

是那种特别老的店面，特别旧的桌子和椅子。店堂并不干净，空旷而有些幽暗的空间，还有湿滑的地面，陈旧的碗。我坐下来，第一次吃那种用一次性塑料隔膜套着老碗盛出来的吃食。

在那样的心境与氛围下，不走进这样的老店吃一碗这样的糟粕醋，那就等于我们并未走进真正的铺前，回到过去。

那碗糟粕醋，和在龙楼吃的感觉完全不一样了。

老街，旧楼，一只土碗盛上来的糟粕醋，往日时光涌上心头。而关于海南岛最真实的味道和藏在历史里的岁月流转与更替，便都品尝于此刻的舌尖味蕾了。

记忆就是这样重温与翻新的。

铺前老街也就是用这样的一份坚守，将留不住的执念，海南岛的一些故事，隐藏在了那碗不曾改变的糟粕醋里。

糟粕醋小解

糟粕醋是海南省文昌市铺前镇的一种传统小吃，采用民间酿酒过程中产生的酒糟发酵产生的酸醋作为汤料，外加蔬菜（如石葱）、海菜、动物内脏、脆骨、蟹籽、蚵类等做成的一道小吃。辅料配以辣椒、糖、味精、蒜末等。其味道微辣酸甜可口，可作为餐前开胃小吃，或者正餐时食用。

15

四川味道里的况味人生

这里没有城市的攀比和负累，生活极简后，需求也就变得极少。

有一段时间我在龙楼待得有点久，热情的当地朋友们几乎天天约我吃海鲜，吃到我开始有点担心了，担心要是再这么吃下去，以后回北京，我还能吃得下不是龙楼的海鲜菜吗？

“那就随时飞过来啊！”

“或者不走了，就在这里定居。”祝影美女一脸含笑地看着我。

也是，能像她那样，只要带着爱情，走遍天涯海角都不怕，走到哪里都是家。

可是，除了海鲜，我还是情不自禁开始思念那些我从小吃到大的，“塑造”了我的味蕾的别的食物。

我想吃川菜，想吃重庆和四川的小面。

毕竟我在西南生活了那么久。

以前看过吴晓波写过一篇文章，他说，你很难背叛自己的胃和审美。

他是这样写的：

“人的一生，大概只有两样东西你很难背叛，一个是你的胃，另一个是你的审美。

“一位医生朋友告诉我，人体中最难改变的部分是胃，胃的记忆有时候比大脑还深刻。

“胃的顽固与营养无关，而是多年的食物摄入在人体中所形成的记忆。记忆这个东西，一开始是你的‘衣服’，进而会成为你的皮肤、血液乃至灵魂的一部分，

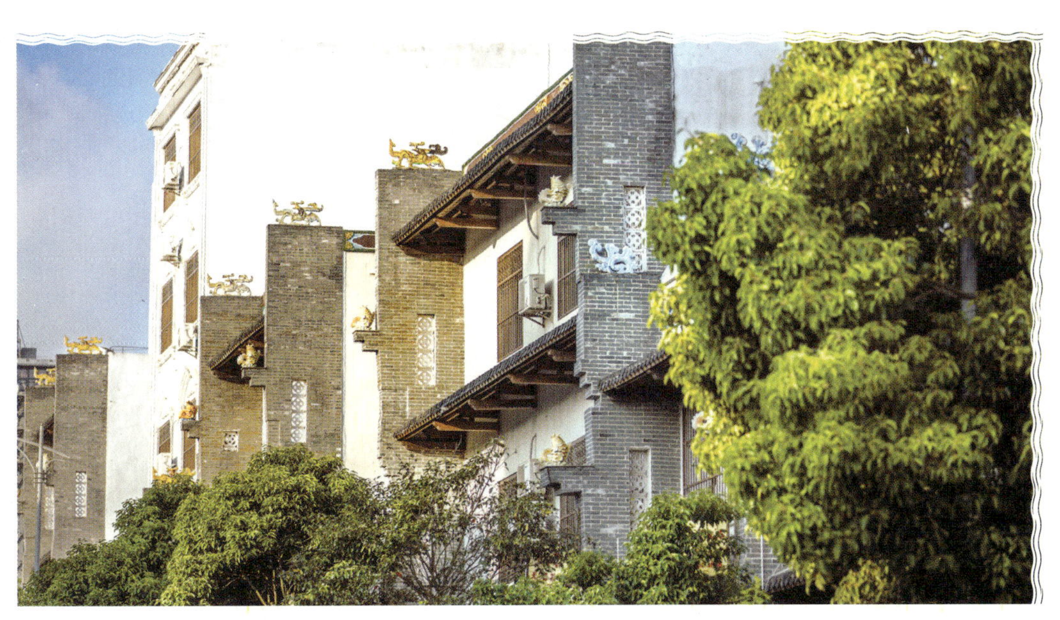

背叛记忆，其实也意味着背叛自己。”

我觉得他说的有道理。

所以此刻，我的胃和我的味觉就无可避免无可逃避地想起陪伴它们长大的那些记忆的皮肤、血液以及灵魂了。

龙楼当然能找到我想要吃的东西。在这个已经令世界瞩目，已经开始云集很多四面八方人来此地旅游并定居的航天小镇，找一碗川面，当然是轻而易举的事情。

就这样，吃撑了龙楼海鲜四宝后，我一个人，像重温小时候“偷食”的快乐一样，走进了龙楼的“四川味道”店。

其实每次我开车从龙楼鲁能的中心广场经过时，都能看到广场旁商业街的这家店，就在鲁能千百汇超市的旁边，四个字的店名很醒目。

店面不大，但非常干净，而且厨房是全敞开式的。就是说客人点了餐坐在店里的板凳上，就能清清楚楚看着店家是怎么一步步把点的餐做出来的。

就好像是在自家厨房看着家人在做菜。

第一次走进去后我才知道，这家的招牌菜是宜宾燃面。

因为老板就是四川宜宾人。

其实说老板不准确，店里就没有招聘的服务员，从做菜的大厨到招呼的服务员，就是一家人。

一碗宜宾燃面和干炸小鱼下肚，我就基本能猜测出这家店的情况了。

如果我没有弄错，开店的应该是两兄弟和两妯娌，都是四十多奔五十的年龄。因为店不大，所以从后厨到前台，到每一个工序的环节，都是他们自家人一手一脚在做。

所以会有看着一家人在做菜招待客人的感觉。

所以整个店堂会让人觉得干净整洁到不像做经营的餐厅。

当然味道也是极好的。也是充满了家常味的。那些小面凉菜，并不像以往我在重庆和四川吃过的那样，总是有一种店家的油腻过猛，反而多一份清淡爽口。

个人喜好，主推它家宜宾燃面和卤的鸡爪鸭爪翅膀，还有一种龙楼本地的小鱼，炸酥后蘸四川干辣椒粉吃。

这几样小菜，若能和一两个朋友对坐，再叫上两瓶冰啤酒，那就是人间美味的另一种情趣了。

一不小心，在龙楼觅得另一种美食，从此，四川味道就成为我在龙楼吃遍海鲜大餐后的别样调剂了。

去的次数多了，店里客人少的时候，我就用四川话开始和高高个子的男主人店老板聊天。

我的话题自然是先问怎么会到这里来开个店。

"这里不好吗？"男店主睁着圆圆的眼睛看着我说，"空气清新，生活简单，住在鲁能，开个小店，闲暇时间就约几个朋友出海打鱼，日子不要太舒服了哈！

"你不是也来了吗？而且我看你

来了好多次，每次来待的时间也是越来越长。”

店老板一针见血的川式调侃把我说得哑然失笑了。

说的也是，至此为止，我也把自己当成半个龙楼人了，而且我一直都在认真思考，未来真的来龙楼定居生活的种种可能性。

所以，眼前这位四川老乡兄弟妯娌一大家子人愿意远离家乡，来这里淡然生活的状态，或者说是心路历程吧，就成为我特别想探究的了。

买所房子去休闲度假，是一种抒情，但再开个小店定居生活，那就是一种态度了。

四川宜宾老乡当然首先是鲁能山海天业主。他们一早就在这里买房定居，接着才开了这家小店。安家再立业，永远是中国人走遍天下的立根之本。

至于为什么会来到龙楼这里，聊得多了，我也弄明白了关于这家人的前因与后果。

这一家几口人以前在宜宾，还都是在一家国有企业工作，但那家单位是特殊企业，他们从事的工作又都涉及有毒有害的岗位，身体损伤很大。所以四十岁出头，按照国家规定，就都早早退了休。大哥的女儿大学毕业后进入鲁能参加工作，他们来探视女儿，一到龙楼，便喜欢上了这样一个空气和环境都绝美的海边小镇，便毫不犹豫地买了房子，决定留下来。

理由是女儿在，事实是他们自己也真的发自内心喜欢上了这里的一切，包括生活方式。

实在是这里的一切和以前都不一样了。

可以每天睡到自然醒，而且是枕着碧蓝的天和大海清清爽爽地醒过来。只要乐意，所有的食材都可以自己亲手去采摘和捕捞最原生态的。愿意做就开店营业，不愿意，就关门歇一天给自己放假，出海或者环岛自驾游去了。

这里没有城市的攀比和负累，生活极简后，需求也就变得极少。精神的放空和减压后，那些以往累积下来的病痛伤损，也就在崭新的环境与生活改变后，真的好转并消失。

店老板说，来这里生活几年，他们的身体都越来越好了。

我相信。

而且我坚定地相信，不但心随境迁，身也由境升。

当终于能放下一些背负不动的人生重荷的时候，美好的环境，阳光、雨露、空气和能与自然随遇而安相伴成长的岁月，才是生命的本真。

我觉得这一家人是懂得这个道理的。而且他们正在享受。

其实有时候，并不一定要历经风霜大彻大悟后才能悟透人生真谛，看见蓝天，看见久违的纯净的海，和清亮的雨滴，也会唤醒我们内心对生命本身的尊重与顺从。

所以，小店四川味道里挂着的那块字匾我真的很喜欢，我认为那句有点附庸风雅的题词，却一定不是他们在附庸风雅。

那就是他们选择的态度：

“人生有味，品味人生。”

16

体验卫星发射科普中心

还有什么是在这样的宇宙面前不能放下和忽视的？！没有。

第一次去龙楼的人，从机场上高速，到文昌后，路上会经过这几样触动心情的小小景色。

第一个是连接文昌和龙楼的清澜大桥，这座标志着文昌龙楼发展飞跃的“两桥一路”的已建大桥，非常美。

第二个是过桥后直到龙楼的那条路。

真的是笔直无遮挡。路宽风景好，关键是车少，让从北京的车水马龙“冲杀”出来的城里人，一时恍惚，开着车就踩到了一百二以上，就忘了这条路是限速的。它不是高速，但真的比高速上开车还让人心旷神怡。

我也不记得自己在这条路上开着开着就被拍了多少个超速违章的单子了。不过想想，能有这样的机会放飞身心，就算违几次章，那又如何？！

然后就到了第三个点，文昌卫星发射科普中心。记住，看到右手边出现这样的路牌时，那就是龙楼快到了。

卫星发射，就是龙楼最强的地标指示牌。

我经过无数次，从这里右转进入龙楼镇，但都没找到机会去看看，甚至于两次卫星发射都看了，我还是没有进到这里的卫星科普中心过。

但我知道，要更近距离并且有现场感受来看到卫星实体，了解一些卫星发射的基础知识，是要来这里的。这里是最近的科普点。

四月的时候，和清华的几位老师开始做一个文昌文化的采风工作，卫星科普中心便成了必走之地了。

我们一行四个人，个个都不是少年，都是中年，或已近中年。想起科普一词大多是指少年儿童时代的活动，到了这个年龄开始科普，也是幸运。所以，一走近还在建设完善中的卫星科普中心，坐上游览观光车时，我们的心情忽然也就少年起来了。

先去的体验馆，因为真实的卫星发射近在咫尺，所以我们几个“伪少年”争先恐后开始体验各种模拟的宇航员的感受和视角。那些旋转失重和游乐场中体验的并不一样，它更真实地让你触摸并看到宇航员飞升上天后的浩瀚宇宙的宏伟与精细。

我印象最深刻的是，当我戴上宇航员头盔，坐在体验椅上，以最真实的状态飞出地球，当眼前出现月球表面的地貌形

态，一切大不一样，一切寂静无声，一切又不可预测又充满了未知，才会非常真实地感受到个体的极度渺小，和微不足道。

还有什么是在这样的宇宙面前不能放下和忽视的？！

没有。

当科技越来越发达，人类越走越远，能够越来越深地探索并探讨世界和宇宙后，我们看到的越多，了解和懂得的越多，我们的内心才会越敬畏。对大自然无所不容的浩瀚和更多未知的敬畏。

这也许是卫星发射的高科技，在给我们带来的种种先进和便利之外的人类的另一种深思吧。

这也是我们在努力飞向宇宙的另一种梦想情怀。

地处龙楼的文昌卫星科普中心还在建，所以它真的还不够丰富。它不是常规意义上的主题公园，也不是游乐场，所以它里面让你体验和看到的东西都是真实的，包括那些真实的卫星实体展示。

如果有机会，我推荐闻名而到龙楼的游客们真的可以去看一看。在整个龙楼镇，是可以仰望到卫星腾空而起的壮观，那在这里，也许我们才能以另一种方式最近接触并触摸到卫星的躯体。它带着记忆从地球飞向宇宙，又从宇宙回到我们眼前。那是我们目前能感受到的唯一来自天外的

温热。

当然，接下来还有一个节目，就是统一坐观光车进入发射现场参观。

那也是能让我们每一个“伪少年”都小小激动起来的一件事。

但事实是，我们并不能如希望的那样如愿以偿进入到指挥塔和卫星停放仓库参观，我们只能走近再走近，却不能走进。

整个发射基地平时其实是非常安静的。每次发射实况转播里紧张到每个人都在屏住呼吸聆听倒数三二一的指挥塔，大门紧闭，有一种肃穆的严谨，不言而威。

而停放卫星的那两个大仓库的大门，应该是我们见到过的最高最大的两扇门了。尤其是可以安放五米直径卫星的那个大仓库。

从组装仓库到发射塔，有长达 2.8 公里的卫星推送轨道，那些我们在电视里看到的转播场景，这一时刻，在此刻安静的现场，却是如此的栩栩如生。

最后我们到了发射塔下。我们最近距离地走到了塔架的下面。我们去的一周前，这里刚刚发射完“天舟一号”货运飞船，所以，走近的每一个人，都在想象那一瞬间巨大的卫星从眼前塔架升空的绚丽夺目，不过，我看见了另一个打动了我的小细节。

是一片蓬勃的绿草。

没错，就在发射塔架下，一片蓬勃的原生绿草正在旺盛而茁壮地生长着。

我想起初来龙楼时几个朋友之间的争论，他们在分析卫星发射到底会不会产生对人体不好影响的气体。也就是微辐射。说真的，也看过各种网贴文章，众说纷纭，似是而非。但无论是专家点评，还是道听途说的各类民间解释，此刻，都不如发射塔架下这片蓬勃生长着的绿草的说

服力强大。

是的，这是发射完一周后的塔架下的草地，发射之时，它承载的是最大量的火箭燃料燃烧后的废气排放，但它不但安然无恙，还依然旺盛地在生长着。

还有比这个更有说服力的吗？！

草木是最能感受大自然微小动向的生物体了，一叶知秋，更不要说我们担忧的微辐射和燃料液体的安全性了。

说真的，只有走到发射塔架的草地上，才能理直气壮地告诉所有人，告诉全世界，我们用的卫星发射助推燃料是最安全最先进的。

毋庸置疑。

所以，在这里为龙楼打一个真诚的广告，龙楼是真正绿色而环保的滨海开放式发射基地，欢迎所有的游客来这里观光游览，也欢迎所有向往海岸生活的朋友奔向这里的海边定居生活。

17

正午雷雨后的孔庙之行

老文昌人立誓了，若文昌不出状元，孔庙就不开大门。

和清华的几个老师在文昌采风的时候，我们以龙楼为原点，走了好几个闻名已久又让人感兴趣的文昌的人文景点。

我们迫切地想了解这座原名“紫贝”并拥有九乡美誉的文昌城的真实文脉。

短时间内，我们当然不可能更深入地了解，但走马观花般的浮光掠影，也会是一种记忆的影像铭刻。

比如孔庙。

文昌的孔庙是给我印象非常深刻的一处景点。最初当地朋友推荐我们去看看孔庙时，同行的一位清华老师有点惊讶。他是福建人，在他记忆里，海南文化的渊源和福建是有很多近似的，他们供奉信仰的更多是妈祖庙，而孔庙，真的很少听说。

我们感到好奇，当然要走一次。

孔庙就在文昌城内，因为是老庙传承下来的，门面很小，初寻者并不好找。

那天在路上的时候，文昌下起了初夏的雷阵雨，当我们到达老街道深处的孔庙门口时，雨停了，闷热的空气中透着一丝清凉的雨意，映入眼帘的那种老街老巷老

建筑物的老景，真的瞬间会在那样午后氤氲的气息中，把我们拉回到从前的时光里。

啊，有时候想想，回到从前是一件多么美好的事情啊！

当然时光是一定回不去的了，但是有些物件和场景，却是一直都在旧日的时光里留存着的。

就正如我此刻站在氤氲气息里古色古香的孔庙门前。我在想，进入这圆形的老门中，也许我就进入了文昌的另一面，它的过去和以往。

如果有痕迹在，回去就这么简单。

那就先简单普及一下文昌孔庙的基本信息。

“文昌孔庙位于文昌市东风路77号，史建于北宋庆历年间，明洪武八年迁于现址，建筑面积3300平方米。它是海南省保存得最完整的古建筑群，也是我国南方最具特色的古文化旅游热点之一，被誉为‘海南第一庙’，属国家级重点文物保护单位，也是中国唯一一座不朝南、不开大门的孔庙。”

文昌孔庙的确没有大门，须从侧门进，这样也更显得它的曲径通幽和低调亲和。有时会有错觉，从侧门入得孔庙来，不觉得是庙，反而觉得是古时朋友的一处私家园林，没有庙的肃穆严谨，倒多了几分园林的精致与情调。

但是除了它保存完好精巧绝伦的明清两代建筑风貌工艺外，它的儒家文化氛围与浸染也是无处不在，渗透和镌刻在文昌孔庙的每一方寸空气与墙体中。

“文庙平面布局严谨，左右对称，庭院宽广。前庭中轴线上布有棂星门、泮池、状元桥和温文尔雅的孔子全身塑像。后院主建筑为大成门和大成殿。大成殿外宽阔的平台称祭台或拜台，供祭祀时乐舞及行礼使用。大成殿属框架式木结构，重檐歇山顶，古朴庄重，殿内正中供着孔子坐像，孔子像两旁是颜回、曾参等‘四配’和‘十二哲’的牌位，孔子像上方有‘万世师表’之牌匾。”

万世师表，写到这里，我忽然想起文昌九乡美誉的重要一项，那就是“教育之乡”。真是一点没错，来文昌这些日子，能走到的各个村镇里，哪怕村庄已经破落陈旧，但村镇里最好的房子一定是学校。

文昌人尊师重教到了什么地步呢？再拿孔庙举例吧。传说，文昌孔庙不朝南开大门的重要原因，就是老文昌人立誓了，若文昌不出状元，孔庙就不开大门。遗憾的是当年文昌一直没有状元，孔庙也就一直以侧门的形式保存到了今天。

这算不算是文昌人对教育和文化最大的尊重和敬仰的一种证明呢？！

当然算。而且是铁证。

转到孔庙的最后，有一学堂，木椅木桌木窗户，老式的黑板，窄小的桌椅和课桌空间，窗外老树疏影斑驳，安静地站在那里三分钟，屏息闭目，便觉幼童的琅琅读书声似有似无传入耳中。

“是哪里来的读书郎？”

我和同行的老师异口同声后相视而笑。

真的，那样的环境里，我们不约而同想起的都是读书郎这样美好的人景与环境。

也许，孔庙之于文昌，不仅仅是文昌人对于“万世师表”的一种热爱与朝奉，也有本地文化和中原文化的交融与沟通。但在经历了很多很多年的岁月沧桑后，海南其他地方的孔庙或者销声匿迹，或者残缺不全，而文昌孔庙，却以一种保存最完整的形态如常立于千年变化后的城市中央，我的理解里，一定是文昌人骨血里对授业师尊的最大的保护与敬仰之道。

看完如园林般精致古雅的孔庙，我不得不提一下与孔庙一墙之隔紧密相邻的蔚文书院。

事实是我和几位老师先去蔚文书院拜访这里的一位馆长。

拾级而上后推开齐腰的木门，再沿着两侧窄小的石级进入空间层高而幽深的书

院内，屋外是雷雨后略显闷热的海南的初夏，而屋内，那样高的层高，和结实而年代久远的石砖的隔离，不用空调降温，似乎就有一份自带的清凉和沉静。

和馆长坐在他那小小的办公室里漫谈起文昌的文化历史时，狭长的木质窗棂上有阳光照进来，说真的，每次只有坐在这样的老房子里，我才愿意用窗棂这样的词，而不是窗户。窗棂是有故事和诗意与想象的，是真的老房子才配用的。而每次看见阳光照在古老的窗棂上时，凝神之际，目光看处，也总会发现栖息在窗棂上的尘埃的苏醒，看见它们在阳光照耀和我们的叙述中，轻轻地飞舞。

所有遥远了的故事都会在这份苏醒的舞蹈中变得真实，和触手可及。

所有的，都让我们在此刻深思并缅怀。

馆长说，现在的蔚文书院，当年是一座图书馆，是国民党时期给文昌中学修的图书馆，后来，文昌中学扩建搬走后，这里就改成了书院，保存至今。

书院是与孔庙曲径相连的。但第一次去我们真的不知道，我们从书院出来，再从孔庙的侧开大门进去后，转到底才发现，哦，原来从孔庙进的门，是可以从书院出来的，当然，如果能从书院进去，一样也是可以从孔庙的侧大门出去的。

我们没有用导游，在文昌的整个采风走访过程中，我们都是自行导航，自己寻找着走遍我们想走的任何一个地方。

我相信一种缘分，未被导游固定模式的寻找和游走，所有的未可知和不可知，才能焕发出另一种惊喜的碰撞与艳遇。

就像人生，不需要确定的指引，才会有莫名的成就。哪怕挫折，也能成为收获。

尊师重教的龙楼镇

还是再说回我最熟悉的龙楼镇。

每次去龙楼镇，沿着那条宽敞又熟悉的大道一路向前，开到更熟悉的卫星科普中心后右转，就进入龙楼镇地界了。而进入龙楼镇地界，首先映入眼帘的，就是龙楼学校。

是有着漂亮楼宇和醒目校名的龙楼中学学校。

我没有进去过，但每次开车必经之时，总是在想，那一幢幢在田野间整齐排列的学校楼房，依然如我在文昌走过的所有村镇一样，最好最漂亮的房子永远是学校。

尊师重教更是龙楼人根深蒂固的习俗传承。

举个例子。

作为一个镇政府，近年来，在上级政府的支持下，不但已持续投入了2000多万元改造和改善本镇学校的教学环境和配套设施，更是在2012年，由龙楼镇镇政府牵头成立了“龙楼教育慈善基金会”，五年多来，由各界爱心人士捐款到位的教育基金已有500多万元，捐赠受益的学生，有顺利考上国内一流名牌大学的，更有留学海外著名学府的。

对龙楼的每一位家长来说，任何年代，如果一定要选择，可以食不果腹衣不蔽体，但书是一定要读，学是一定要上的。尽全力让每个孩子受到更好的教育，是龙楼人沿袭文昌文化中最好的贯彻。

所以龙楼镇的龙楼中学和龙楼中心小学，会被评为海南省的示范学校。所以在龙楼镇镇政府的工作安排中，永远谨记的有三条最朴素简单的基本原则：在部署工作时，不忘部署教育工作；在检查工作时，不忘检查教育工作；在总结工作时，不忘总结教育工作。

特别简单，但也只有把最重要的事放在最简单日常的工作中去，才能结出日积月累的硕果和丰收。

在这里，也代龙楼镇镇政府放上一份赞助基金会的热心人士的名单，一是代所有受助过的学子们表示感谢，二是欢迎更多人能加入这份百年育人助益子孙的事业中来。

龙楼教育慈善基金会，至今共筹措捐款580多万元。其中较为突出的是：福耀集团捐助150万元，中国航天基金会营口爱晚实业有限公司捐助100万元。突出个人有：符永智先生捐助13万元，易小林先生捐助12万元。

感谢慈善人士一路相伴，热心助学！

也许，我们需要做的，是在历史的痕迹上，如何翻新。
18
从十八行村到
鲁能南洋美丽汇

聊起文昌历史沿革时，蔚文书院的馆长告诉我们，文昌的一个村里，曾经有个史上最早的村级渣打银行旧址。

这让我们很震惊。

我们立刻问在哪里，馆长说在会文镇的白延墟。

商量以后，我们决定下一个行程就去这个传说中有渣打银行落地的白延墟。

我们还是自己开车。热心的当地朋友之前帮我们联系好的白延墟的带路的镇干部因为临时有事，陪不了我们了。接到电话的那一刹那，我们几个反而有一份松了口气的小欣喜。就像前文所说，相比起朋友带领的驾轻就熟的游览，有时候反而更期待自己误打误撞后的别样风景。

寻找的过程越莽撞和有所挫折，记忆才会越深刻。

也许真应了这样的心态，其后的白延墟十八行村之行，我们并没有如愿找到我们想找的，却意外得到了我们未曾预料的。

话说回来。

我们从文昌城出发，会文白延墟并不远，很快就到了。我们下车买水，其实是借机向小店的镇民探问关于那个传闻中的渣打银行的种种点滴。

白延墟位于文昌会文镇的西部，可以考证的历史，始于明代。史料记载，20世纪二三十年代，当地华侨汇款回乡，在

那里建起很多南洋风格的骑楼并开设商铺，这些当年称得上是“豪宅”的两三层楼高的建筑，凝聚了南洋风情和本地居所的特色，独具魅力，成为名噪一时的“小上海”，繁华一时。

这样一想，当年在这里的村村镇镇，有外资银行的进入并落地，也就不足为奇了。

这样的金融史，证明了文昌的南洋史，更证明了文昌的繁华荣耀。

有句话，一语道尽了当年白延的盛世景况：“海南华侨看文昌，文昌华侨看会文。”

但时过境迁，如今的当地人好像并不能准确说清楚我们要找的历史留存的清晰印记，他们都知道这个事，但又都似是而非，说不清楚具体所在。

我们在白延墟转了转后，一位路过的行人告诉我们，好像我们要找的老银行的旧址是在十八行村。我们如获至宝，立刻又问了大致方向，决定先找到十八行村再说。

整个开往十八行村的路途和经过，其实是一次乡间探访记。

这个有着很奇特的数字名称的村落非常原生。这里没有开发，没有大型项目的入住与机会的莅临，所以，它还是安静

的。有着原始的村庄，和原始的村路。

路况并不好，又刚下了雨，我们的车一路颠簸，在泥泞的乡间马路上行驶。但乡间路两旁的风景是有趣味的。茂密的椰子林层层叠叠，或者就是绿的田野，还有就是在椰林和田野中渐次“显身”的村民的老屋老宅。

和海南的好多村镇一样，那些村屋一路皆有，几幢聚住，便是一处集居之地。我们走走停停，问问，再掉头重来，已不在乎是否走错，是否走了冤枉路。当精准无比的导航也摸不清方向的时候，我们知道，有可能找到世人皆不知的某处深藏的风景。

后来，也不知道经过了多少错过又回头的路口，终于看到了写着十八行村的村口路标，我们都很高兴，直觉告诉我们，这是一处非常静谧的村庄，它甚至和白延墟的往日繁华都有着一丝不远不近并且隐匿的距离。

直觉也告诉我们，这是一个有故事的村庄。

车停在曲折复杂的村里小路尽头的一面旧墙前，开车的是清华做建筑设计的老师，他不想再开了，他很兴奋地下了车，就像发现了什么宝贝似的。

他带着助手，一声招呼都顾不上打，

就钻进了村里各种老房子之间的旧巷道里去了。留下一个还没回过神来的我，站在车旁的两株大椰子树下。

那两株茂密的椰树，遮住了正午无比猛烈的阳光，树荫下，阴凉而宁静，一只白鹅从前边的池塘里抬起长颈，望了望我这个不速之客，又淡定自如地继续游戏着它的池塘。

突然就那么安宁下来了。

我站在那里，村庄，旧屋，巷道，椰树，池塘和戏水的白鹅。

还有阳光。

这也许是我此刻最想要的。

那我就安安静静坐在这样的村庄的一处，享受这份曾经靠近繁华，又沉淀了文化，又保留住了平淡生活的十八行村的美丽时光吧。

我相信，那两位研究建筑和设计的清华老师，一定是看到了一些让他们兴奋的真正原生态的村庄建筑的精致所在，他们在十八行村找到了他们要的精彩的点。

果不其然，在村里转悠了很久的两位老师出来后，依然意犹未尽地告诉我："你知道吗，这个村里的排水和建筑风格保存得非常完好，而且是把南洋和福建那边的风格融在了里面。"

我似懂非懂地笑而不语。

讲话的那位老师祖籍福建，福建和海南，曾经拥有的共同下南洋，再回来的经历，让这两种文化习俗在此地交融，这并不奇怪。我们欣喜的是，在看到有原居民的村庄里，可以有保存如此完好的老建筑形态，还充满着烟火气息，实属不易。

好的建筑，一定是历史留存下来证

明文化命脉的最明确的符号。

我们后来还找到了银行旧址，但不是传说中的渣打，而是另一幢，一幢非常陈旧的“中国人民银行文昌分行”的旧址，一座老到快要废弃的骑楼。看见它一身墙体的破旧斑驳，让人想起的，反而是另一种曾经傲然的证明。

我们没有再执着地去找渣打银行旧址，我们相信有。十八行村，白延墟，会文，文昌的繁华盛世，已无须再证明。

也许，我们需要做的，是在历史的痕迹上，如何翻新。

如何翻新昔日盛典，并传承文化和历史，才是我们新的课题。

从白延墟和十八行村回来后，有一天，当我再从曾经经过了很多次的龙楼的钻石大道开车经过时，路旁鲁能的巨幅广告牌让我第一次停住了脚步。

这几个字我看到过无数次，这一次，它们让我感动了。

“鲁能南洋美丽汇”。

不用看更仔细的介绍，我也可以知道，鲁能山海天，当他们在为每一个因为航天来到龙楼的居住者打造最美丽的临海家园的时候，他们还在做挖掘和保护本土文化经脉的建设。鲁能南洋美丽汇，就是一次翻新。把旧的繁华用新的建筑来翻新并巩固，就是一场跨时空故事的延续。

让我们想象一下，当南洋美丽汇再现，当骑楼和大宅小院重温，当商铺林立，时代注入，我们的现在就是过去的未来，而我们的未来就是曾经的现在。

历史和文化就是这样在伸展，并成长着。

南洋情怀 荣归山海

在鲁能南洋美丽汇精致的宣传册上，他们给出的定位思路宣言是：在南洋文化的全新触点，启幕丝路海岸上的财富盛宴。

我在这里截录几段诗一般的文字介绍，可以帮我们迅速了解这个正在启动的山海天项目。

一站式南洋风情商街，一如久别重逢

自明初海上丝路开通以来，文昌这座海上丝路的中转站，始终浸润着割不断的南洋情怀。

现在，不必经历长途跋涉，也可以感受到最鲜活的南洋风情与文化了。

南洋美丽汇规划打造酒店住宿、时尚购物、特色餐饮、休闲娱乐等主题商业业态，荟萃来自南洋诸国的美食、特产和手工艺品，为游客们营造高端而有地方特色的休闲度假商业街，重现昔日南洋繁华盛景。置身于此，便可领略万千南洋风情，畅享海上丝路永不落幕的传奇故事。

六大南洋主题组团，亦是情怀再续

南洋美丽汇汲取南洋风格中自然、健康的特征，采用FUSION设计、生态人文设计、传统元素植入手法，从空间打造到细节装饰，都体现了对自然的尊重以及对手工艺制的崇尚。规划溪北别苑、符家苑、宋氏别苑、韩家苑、陈家苑、林家苑六大南洋主题组团，个个都以建筑的形态承载并复原厚重的人文文化，以现代的审美心情打造出别具一格的南洋风情商街，让情怀再续。

鉴藏，跨越时代的南洋颂歌

鲁能南洋美丽汇总面积达七万平方米，充分融合本土与南洋风情，荣献六大组团，缔造体验加购物一体化的丝路海岸繁华秀场，汇集庞大财富商机，鉴藏跨越时代的南洋之歌。

非常好，非常期待！

这样的历史抢救复原和翻新，并为现代人所拥有并享用，正是我们期待的有文化的商业建设。

让我们等待鲁能山海天将南洋美丽重启。

回头一想，航天城三个字最终花落新光村村民头上，也算实至名归吧。

19

航天城和典雅湾的龙楼轨迹

这里说的航天城和典雅湾是指龙楼镇上的两个酒店。

这两个酒店很有意思，一左一右，在龙楼镇最主要的十字路口的街心两旁，像两翼的两座特别显著的标志物，或者地标建筑。

朋友们约见面，说得最多，也最清楚的，一般都是："那就航天城大酒店门口见吧。"

事情就简单了。

从另一个意义上说，无论是航天城，还是典雅湾酒店，这两个特别接地气，同时又位于镇中心的人来人往的酒店，也是龙楼信息云集和各色人群交流汇集的场所。只要你去，它的茶室和酒廊，一定会有似曾相识的面孔在那里，喝着茶，闲聊着镇上村里的坊间消息，若真若假，似是而非。

我把它当作另一种形式的老爸茶。也可以这样说，那里是不约而同前来的龙楼本地松散型商会茶舍。如果你想迅速结识当地朋友，或者一样来此处经商的前辈，来这里住着，沉下心来学会喝当地的风俗茶道，一定会有收获的。

当然，航天城大酒店和典雅湾酒店的精妙之处还不止于此。

我也在那里喝过很多次茶，也听很多朋友问起过，问我有没有去顶楼的酒廊看过。在他们的推荐里，那里是一道风景。

我听着，记在了心里，但一直没上去。但我也知道，每次一到卫星发射的时候，总有人再次告诉我，那两座酒店顶楼的全景酒廊，是龙楼观看卫星发射的最佳点之一，如果不提前定位子，一定是进不去的。

心里念了很多遍，我在六月初的一个下午，就把两个顶楼都上去了，也分别认识了两个风格气质包括人生经历完全不同的酒店老板。

非常有意思的两位老板，他们两位建酒店的故事写在这里，也许，不但可以反映出他们各自和龙楼的渊源，也能从侧面折射出龙楼小镇走向航天名镇带来的一系列巨大的改变。

我先上的航天城大酒店的顶楼，那就先说航天城。

我去的那天，闻名已久的航天城顶楼酒廊正在局部装修，所以，闻名已久的360度四面全景，有一半被厚重的窗帘和临时堆集的家具沙发遮挡着，但我还是能一目了然看到远处的淇水湾、卫星发射塔，月亮湾，铜鼓岭山峰，和山峰下影影绰绰的巨石滩。换言之，就是龙楼最好的风景几乎一览眼前。

难怪，这里真的就是居高而望，观看卫星发射的最佳点之一了。

和胖胖的、笑容满面的老板薛总面对面坐在酒廊的卡座里，我们开始聊天。

本地人薛总只爱笑，不爱说话，几乎是我问一句，他就回答一句。

我先问了我最好奇的一个问题："薛总，航天城三个字你注册了吗？"

"是。"笑眯眯的薛总特别肯定而且快速地答复我。回答之快，让我相信一定之前有很多人问过他同样的问题。

"你太厉害了！"我不禁叹服。

谁都知道，知识产权时代，版权归属者就意味着抢占了一种胜机。能在第一时间抢注下这个响当当的名称，我不敢相信眼前的薛总仅仅是卫星发射中心地拆迁搬出来的新光村村民了。

但航天城大酒店老板薛总，就是卫星发射基地最中心那块土地上货真价实的村民。他在那里土生土长，直到拆迁，他的父母都还住在村里的老屋里。

薛总读书出来后就一直在海口工作，后来，他在海口的一所职业中学当老师。当卫星发射基地落地到龙楼镇新光村后，当老师的薛荣刚知道机会来了。村里征地，每家每户的村民都得到了土地赔偿款，对村民们来说，这是一笔不小的钱。有的人拿到钱，开始胡吃海喝，有的人，开始被引诱去打牌赌博，有文化的薛老师当然不会，他太懂得这是个千载难逢的机会，因而不是去坐吃山空。他听从了政府的号召，开始再创业。

薛老师没有开过旅业酒店，但直觉告诉他，卫星发射一定会给这里带来如潮水般的人群，龙楼一定会举世闻名，那就开酒店吧。好，说干就干。买地建楼，把政府给的土地补偿款加上全部积蓄，全部投入再创业的建设中来。楼盖好了，找专业酒店管理人员来打理，酒店呢，就直接注册起名叫“航天城大酒店”了。

干脆，利落。

漂亮，大气。

就这样，拥有五十多间客房和顶楼全景式观景酒廊的航天城大酒店在2010年底“霸气”开业。

回头一想，航天城三个字最终花落新光村村民头上，也算实至名归吧。

龙楼镇新光村原居民薛荣刚，也从薛老师变成了薛老板，身份的转换与调整，让他真的品尝到了另一种“天上掉馅饼”给生活带来的变化。

七年多来，酒店经营良好，航天城名声在外，薛老板赚了钱，又把赚的钱一点点投到酒店的新装修中。日子越来越好，他脸上的笑容也越来越多了。

至此，不但航天城名声远扬，航天城的薛老板也因为航天龙楼的命运契机，变成了失地农民再创业成大赢家的榜样典范。

同样的契机也可以放在典雅湾的老板“澳门仔”身上来讲。

当然，外号“澳门仔”的典雅湾老板是澳门出生长大的海南人。他是另一种类型的龙楼“淘金者”。

典雅湾的顶层全景酒廊和航天城大酒店一样是四面的风景，不一样的，是典雅湾酒廊的装修风格，始终有一点港澳餐厅的气息。

我们还是在顶楼喝茶。

看着窗外无敌的龙楼风光，蓝天白云，远山碧海，就聊起了高大帅气的“澳门仔”当年是如何回来占据这航天题材的

一席之地的。

“澳门仔”说，他是2006年来龙楼买地建楼的。

我屈指一数，厉害，那个时候航天发射项目尚未落地龙楼呢。

“所以啊，我半个小时内就决定了买下现在酒店这块地，当场就先付了三十多万。”

“澳门仔”说。

同去的龙楼朋友笑了，一语戳穿他：“呵，都说你是提早就知道内幕消息的。”

“澳门仔”晃晃头，扶了扶秀气精致的眼镜架，也笑着辩驳道：“就算我听到风声，那个时候，也是需要有勇气和胆识来搏一把的啊！”

“重要的是我赌赢了。”“澳门仔”总结道，“所以才有了现在的典雅湾，和我在这里的一系列后面更多的投资项目。”

他说的对，任何机会，只会更眷顾有慧眼和勇敢者。龙楼也一样，谁先青睐它，它就回馈给谁最真实和丰厚的回报。

20

阿雅和她的金手指

当年离家，是为了求发展，如今还乡，也是为了更好地发展。

龍樓

有一次去龙楼，北京暴雨，机场流量控制，上飞机后就在窄小的座椅上足足等了三个半小时，然后又飞了将近四个小时，下飞机到龙楼后，我的腰就不行了。我知道，我的腰椎间盘和腰肌劳损等诸多城市电脑综合征又犯了。

我哭丧着脸，在黄昏的龙楼街道上不抱希望地给我认识的龙楼朋友打电话求救。

“我的腰病犯了，好痛，这里有做得好的推拿按摩的技师吗？”

说这话的时候我真的是不抱希望的。

我不敢相信，仅有两万人常住人口，小小的龙楼镇上，还能有技法高超懂中医懂经络的推拿大师？

“当然有！”

接电话的朋友不由分说告诉了我。

“我们这里有一个非常棒的师傅，

做得非常好，我给电话你，你去找她去。就说我介绍你去的。”

我似信非信：“真有那么好吗？”

“当然！”朋友说，“这一行人家做了二十几年了，手法非常好，在上海那边都开过店的。”

疼痛难忍，我按照朋友给我的电话打过去，接电话的是个男声，他说朋友已经打过招呼了，让我现在就过去。

他说的店叫“金手指”，特别好找，就在镇上航天城大酒店的斜对面。

走进店里，迎上来招呼我的，却是一个个子瘦瘦小小的中年女子。

我看着她：“是你给我做吗？”

“对啊，不是打电话指定要让我来给你做的吗？”她也看着我，“我叫阿雅。”

哦，好吧，可是看她那么瘦弱，能有那么大的劲来做费力气的按摩推拿的活儿吗？！

我还是似信非信。

“没事，你可以先试试啊，要是有效果再继续做。”

好像看出了我的疑惑，阿雅笑着说了一句。

我不好意思地趴到了按摩床上，说真的，当时的我，的确是抱着病急乱投医、可有可无的心态选择相信朋友和眼前娇小瘦弱的阿雅的。

那次推拿做了将近两个小时，阿雅一边做，一边轻轻缓缓地根据她手上的判断，告诉我我的身体问题和建议治疗方法。看见我昏昏沉沉、舒服得要睡着了，阿雅就不说了，就让我在她手指的游走中安静地休息。

效果真的很好。对于我这样的腰病老伤员来说，在北京也尝试过各种治法和手法了，手上有没有，疗效好不好，真的一次就知道了。

我感觉到阿雅做的时候并不见得使很大劲，就像她说的，拨通全身经脉，让经络和血液畅通，才是治好我的病痛的根本。

朋友推荐的没错，她是业内高手。

我决定接受她的建议，这次在龙楼的日子，无论如何都要安排出时间，集中接受她的按摩治疗。

走出“金手指”，我忽然踏实了好多。当在一个并不太熟悉的地方，找到懂得并能治疗自己身体顽疾的医者时，身体的舒适感是会让人的内心稳定很多的。

有时候，我们不愿意离开自己很熟悉的地方，不也就是怕一时半会儿找不到能满足自己熟悉的那些生活小习惯的途径吗？

我的发型师，我的按摩师，我习惯吃的那家小店的面，还有我常去的咖啡店的那个坐习惯了的位置。

改变有时候是让人充满期待的，改变也会让人充满忐忑。

好了，至少我现在知道，在龙楼，我有我的“金手指”阿雅了。

我后来如约天天去。去的多了，就开始和阿雅聊天。

当然一开始我就听朋友说过，阿雅在上海有过自己的店，做这行二十多年了，可是，在上海开店开得好好的，城市生活不好吗，为什么要来这样的小镇，开这个店呢？

聊得多了，阿雅的经历和故事我也就全明白了。

阿雅是龙楼人，巧的是，她也是卫星发射塔落地的新光村人。以前家里穷，为了让弟弟妹妹们读上书，也为了减轻父母的压力，懂事的阿雅十几岁就离家去海口学艺了。从美容美发的学徒工学起，阿雅最后喜欢和擅长的，是按摩推拿。

这是一个可以让病痛患者恢复健康的手艺。年轻时的阿雅在打工挣钱养家养自己的同时，也找到了让生活更有意义的方向。

用了心了，技法和手艺就越来越好，也是艺高人胆大吧，阿雅决定去更大的城市上海闯一闯。

阿雅在上海也做得很顺利，她开了

自己的美体店，买了车，结婚生子，也有了很多固定的客户群。

阿雅事业小有所成，弟弟妹妹也都读书工作了，日子似乎越来越美好，阿雅曾经以为，自己也许就这样会融入大上海，就这样在那里生活下去。

还是文昌卫星发射的事情改变了阿雅的人生轨迹。

阿雅从小生长的村落，一夜之间，变成了举世瞩目的滨海卫星发射基地，“飞天”的神话就这样降落到了那座小渔村。

当全世界的目光都开始注视阿雅的家乡时，身在上海的阿雅也开始感受到了来自家乡人的激动和波动的心情。

家里亲人的电话不停地打来，在告诉阿雅村里不停地变化的同时，也忘不了每次都要劝阿雅回来。

回去？！阿雅真没想过，但电话打来多了，听家人兴奋激动的口气多了，阿雅也开始动心了。

一边是恰逢千年良机的家乡，一边是打下事业基础的上海，有些动心的阿雅拿不定主意了，直到在家乡政府部门工作的一位堂哥再聊起这事时，堂哥的一句话，终于让阿雅下定了回去的决心。

堂哥说：“生意哪里不能做啊，卫星发射都到我们这里了，你还怕回来没有生意做吗？！你放心，太多发展机会都会来这里的。回来吧！”

堂哥一语中的，阿雅也彻底明白了。

她和老公一商量，就把上海的店盘了出去，把家什打包，和着车一起，物流回海南了。

离家快三十年后，阿雅就这样，又

回到龙楼镇。

有句话说故土难离，叶落还乡，但阿雅心里明白，再多的乡愁和乡情，都比不过卫星发射的炫目主题让她坚定回家的决心。

当年离家，是为了求发展，如今还乡，是为了更好地发展。

如果自己的家乡都成为全世界关注并飞速发展的热土了，还有什么理由不回来？！

阿雅说自己是归去来兮。

归去来兮，回来的阿雅就有了自己在龙楼镇上的新店“金手指”。有了新的搬迁住房。

阿雅说，不会走了，就这样，就在家乡安居乐业下半辈子了。

阿雅对自己的新店充满了信心。她说，城里人会因为观看卫星发射，而看到自己家乡美丽的风光，也会有越来越多的人喜欢并来到这里生活，她从城里带来的技术也会被这里的人渐渐接受。

阿雅相信自己的“金手指”一定会越开越好。

我也相信。

21

寻找黄金甲

在我们打鱼的人心里，在海底活了几百上千年的龟类，是有灵气和记忆的。

很愿意在这里讲一个感动过我的龙楼人的小故事。

来回海南的次数多了，就有在北京的朋友打电话给我，试探着让我帮他们找东西。

坦白地讲，朋友让我帮他们找的东西，是不能坦白于众的一种海底生物的标本。

是玳瑁。

这种已被列为国家二级重点保护野生动物目录、世界自然保护联盟濒危物种的海洋爬行动物，除去它本身曾经的商业用途和价值，也因为其悠长坚久的生命周期，和固若金汤的壳身龟甲，被很多人奉为一种神明和信仰。

这种海底生物当然是神奇的，所以，有的人就想方设法想找到野生的玳瑁，来制成标本，运送回内地，挂于自己喜欢的书房或客厅，日日供奉，也算一种虔诚吧。

怎么说呢？虽然心情和目的是好的，但过程与手法却是有些残忍和不可取的。

但拜托我找这样东西的，是我非常熟悉的一位好朋友，而且朋友说，最好是能找到玳瑁中的极品黄金甲。情面之下，无法拒绝，我只有勉为其难放在了心里。

难度太大。

玳瑁本身就是很难启齿找寻的东西，更何况是只听闻，从未实见过的黄金甲。当然，得除去以前见过的那些用颜料来涂上颜色的做假的货品。

在龙楼晃来晃去的这些日子，听说

了龙楼海鲜的各种“宝”，就是很少听到人说起玳瑁。是这里就没有这种东西吗？晃了很久，我都不知道应该怎样向我的海南朋友们提这件事，直到有一天，和几个龙楼的朋友在镇上的一家餐馆吃饭，吃到开心处，同桌的一位朋友忽然说起，前段时间养的几个玳瑁得了皮肤病，怎么也治不好，就索性全部放生了。

他们说的是文昌本地话，我基本听不懂，但很神奇的是，我竟然听懂了他嘴里说出的“玳瑁”两个字。我猜懂了他的意思。听见玳瑁，我精神来了，我假装很懂行地插进去，想自然而然又不动声色地加入他们的话题，再引向我的话题。

“龙楼有玳瑁吗？那这里有黄金甲吗？”

我问。

说话的朋友笑起来了，他用夸张的表情看着我：“亏你还在龙楼待了这么久，亏你还自称是半个龙楼人。你想想，龙楼镇有28公里的海岸线，有最美的月亮湾和淇水湾，有七洲列岛，海底什么生物会没有？！”

他的反问没有让我沮丧，我锲而不舍继续追问：“那我怎么在这里都没听说过呢？”

这时，坐在我右手边的胖胖的朋友忽然看着我：“你竟然还知道黄金甲？”

我得意地点点头。

和我说话的是龙楼镇另一个村的村长，姓符。我们先叫他符村长吧。胖胖的符村长又看了看我：“那我告诉你吧，我养了一只黄金甲啊，从小养到大的呢！”

我好像一下被打了一针兴奋剂。原

来书上说的一点没错啊，得来全不费工夫。

被打了兴奋剂的我基本没什么心思吃饭了，开始无比真诚地缠着右手边胖胖的符村长询问打听他养的那只黄金甲玳瑁的事情。

全桌朋友都看出了我的迫不及待，他们打趣说，赶快结束饭局，让美女下一个节目去看黄金甲吧。

正合我意。

我直接坐上符村长的车去他的家里了。

和很多海南人一样，符村长的家和他的养殖场是在一起的，而他的黄金甲，就养在他的养殖场外露天的一个大水缸里。

那只黄金甲真的很漂亮。黄色的壳身上黑金纹理疏密相间，在阳光下闪着若隐若现的金光。重要的是，它是活的。符村长一把把它从水缸里抓起来放在地上，那只玳瑁的小脑袋一缩，四条小腿也紧跟着缩回壳里，一动不动了。

看见这只黄金甲，我觉得，以前我在别处见过的那些浑身闪着黄灿灿金光的所谓的黄金甲标本，都不见得是真的。只有眼前这只，它的真实的黄黑绿相间的纹理和金光，才是真正黄金甲玳瑁所应有的体态。

太过灿烂炫目，总是让人怀疑它的真实性，而真实的东西，是会有自然的气息留存的。

我兴奋不已。

我接着冲口而出：“符村长，你这只黄金甲要是卖，可得卖好多好多钱呢！”

胖胖的符村长看了我一眼，忽然有些生气：“我的黄金甲，给一个亿都不卖。

给多少钱都不会卖。”

我愣住，以为他在开玩笑，但看他的神情又不像。

符村长又说：“我为什么要卖？它是我一手养大的，我们龙楼人只会把玳瑁养大，放生，不会把它卖了挣那份钱。”

我继续尴尬地愣住，一句话也说不出。

“在我们打鱼的人心里，在海底活了几百上千年的龟类，是有灵气和记忆的，我们不会杀，给多少钱都不会杀。我们只会奉养它们。”

符村长的话让我忽然之间有了一丝惭愧的顿悟。他说的没错，有些生物是时间的铭刻，它的漫长的生命期，不但是物体作为科学进化的活化石，更是海洋历史演变进程的另一种记忆。

它们与大海同在，用自己顽强的生命注视海洋，和漂泊在海洋上的一代又一代渔民一起经历沧桑世变，我们为什么要去伤害它们？！

我的尴尬变成了羞愧。要说我是一个自诩为受过教育有文化的城里人，为什么我的境界与善良，比起一个海边村里的渔民来，还相差十万八千里啊！

他们，真的比我们更懂得尊重大海与生命。

他们的善良本性和命运，与大海所有的生物体早已连成一体，休戚与共。

22

两次未遂的八门湾之骑行梦想

没有在亲爱的人的自行车后座搂着他的腰穿过乡间田园的初恋、是不完整的。

我一共去了两次八门湾红树林。

要说海南的自然风光，除了奔向大海、春暖花开外，散布全岛形态各一又众多的红树林湿地,也是它特有的景观之一。

所以红树林湿地也是去到海南后不得不看的一道风景。

这其中，又以文昌的八门湾红树林湿地公园最负盛名。

八门湾红树林位于文昌市文昌河、文教河和横山河等八条大小河流入清澜港北侧的汇合处。以四面滩涂为中心，连接了文昌的六个镇，总面积达3万亩，一期栈道总长54公里。是世界上海拔最低的森林，享有“海上森林公园”的美称。

关于八门湾红树林的详细介绍，万能的百度一搜索，基本资料都能出来，不用我在这里多言多语了。我想说的，是当我第一次听说海上森林公园栈道长达54公里后的那份惊讶，和迫不及待的期待。

后来在龙楼，听鲁能的老大哥严总说起这条栈道，当过兵的严总一五一十认真说道，当然很漂亮！栈道两岸全是景色，值得一看。尤其值得去骑行一段。

再后来，和镇政府的阿龙又聊起这条栈道，我说我要去骑行八门湾，憨厚的阿龙看着我，似乎不太敢相信我的话：“你是要去从头骑到尾吗？！”

我的声调从高八度减到了低八度：“啊，是吧，我是这么想的啊。”

“阿龙，你去骑过吗？”我问。

“骑过，但没能全部骑完。”阿龙实在地说，“太长了，骑饿了，就没骑完。你要是想去骑，得多带点吃的喝的在包里，不然，真的会骑饿的。”

我也很实在地告诉阿龙：“吃的倒没有问题，就是我不会骑一个人的两轮自行车啊，我得骑那种两个人三个人并行或者连体的才行。”

当时我和阿龙正站在鲁能希尔顿酒店大堂的门口，阿龙听了我的话完全愣住了，他用难以置信的神态诧异地看着我，而我，正兴致盎然地看着酒店大堂门口供住客和游客租用的多人游览自行车。

总有办法解决的，解决我这个从小在山城重庆长大，不会骑自行车的“骑行”遗憾的。

阿龙和严总都给我推荐了霞场服务区和头苑村这两段路，说是景色打造保护得最完好，如果不够信心和体力把54公里全部骑完，那就先从这两个点骑吧。

但我第一次去到八门湾红树林，却是坐的游艇。

后来才知道，坐游艇看八门湾的红树林，又是另一番景色。如果时间充裕，那也是非常值得选择的一种游玩方式。

和我在八门湾坐游艇的，还是海口

的朋友。我们俩在从海口去龙楼的路上一时兴起，就立刻转道开向了八门湾红树林。

朋友也是“身边的风景不自知”那种人，在海南多年，也没抽出时间来过八门湾，但是大致位置他是知道的，我们就照着他的感觉和印象开到了八门湾的一个路口。

我真的不记得当时我们到的八门湾红树林的哪一段了，只记得一定也是一个驿站，算比较简陋的休息区。我们把车停在一旁，先走了一段被红树笼罩的林中栈道，天开始下起了小雨，而这里，没有租用的骑行自行车，我们就决定上游艇，在河流与湿地间穿行一次，看看岸上的红树林。

一定也有很多人像我一样，选择坐

游艇在八门湾“水游”，但我不知道别人是不是像我一样，当我和朋友在下着小雨的河流中，远望两边那些红树卷曲的树干和湿地土壤错综复杂的交集与关联时，产生了种种遐想。

一定有许多岁月和流年的痕迹深刻在这片几万亩的原野上。它们交裹着，缠绕着，彼此守护并相依相连着。除了依附于湿地的树林，以及靠密密匝匝的红树掩藏了气息的土壤，我们看见了绿色的海水

在红树林的笼罩下时隐时现，也用另一种距离的远观，感悟了它们的轻诉和低语。

那些，都是有生命的植物和生灵，只有读得懂它们的语言，才能懂得它们沉默的情怀和背负着的自然的意义。

第一次八门湾之行，没能骑成车，所以，当又一群朋友来到龙楼时，我又开始张罗我的骑行梦想了。

这次来的都是年轻的朋友们，80后，90后，甚至还有1998年的孩子。

这下可好了，人多力量大，那么多年轻力壮的，哪怕再有个54公里的栈道，也不怕没有力气骑完全程啊。

我一边数着人头，一边打着我的如意算盘。想象着和一群青春年少的小帅哥小美女们长袖飘飘地在翠绿的林间湿地如风般轻盈地掠过，就好像少年往事和青春时光，也重回到我身上了。

忽然明白了，原来我那么向往骑行，是不是在我骑行的梦想中，就怀有关于年轻和放飞的另一种少年时期的遗憾呢？！

有人说过，没有在亲爱的人的自行车后座搂着他的腰穿过乡间田园的初恋，是不完整的。

很遗憾，我没有过。

更没有过在这样的红树林栈道中穿行的画面想象。

而此时此刻此地，就算没有爱情同行，和青春结伴，也是古老的八门湾红树林能赋予游玩者的另一种闪光的记忆吧。

可是，因为种种原因吧，我们一群人到达霞场服务区的时间已近下午六点，服务区租赁自行车的人告诉我们，六点前就必须把车还回来，只剩半个多小时了，

又不能骑了！

那怎么办？

改变计划吧，那就夜行八门湾。在黄昏降临的海岸湿地丛林间来一次步行，随兴而走，随兴而停，也是一种随遇而安的际遇。

我们一直往前走，顺着密密的树林，沿途风光旖旎，无数种我看得见却叫不出名字的树，在栈道两旁延伸交错，真正的盘根错节，枝蔓相绕。

走着走着，会有一个观景的栈道平台，伸出开阔的水面，让人看见更远处的树林对面，也会忽然出现一处具有农家风味的驿站食店，就在栈道边，围绕着开阔的水面和更多的密林。走累了，就可以坐下来，待在林中，饱餐一顿再走。

哦，阿龙，原来你是吓唬我啊？！原来这里沿途还是有吃的啊！

天色已晚，那就坐下来吃饱了再说，在三万亩的红树林深处吃一顿晚餐，是不是也会多一份大自然泥土和树香的原味啊。

吃完饭，再往回走的时候，栈道上真的很黑了。没有路灯的木道，被红树林紧紧包裹着，看不见外面的月光和星光，但是我们看见了萤火虫在闪耀的光亮。

“啊，好多萤火虫在飞啊！”

90后小美女和小帅哥开心地关掉了手机的光，追着前面飞舞的萤火虫一溜烟地去了。

在夜的静谧和树林的环绕下，萤火虫微弱的光亮在此刻显得那么醒目，像暗夜丛林中的指路者，引领着夜行人的方向。

走到水面平台的开阔处，月亮伸出来了，星空亮出来了，夜空中灰白的云朵也浮在我们面前安静的河面上。

站在延伸到了水面深处的栈道尽头，看着前面的小美女伸出双手，伸向夜晚的天空，那道剪影，顷刻间倒影在水中，双手似乎触摸到了天际的云的光芒。

那天晚上的景真的很美。那种夜行后在杳无灯光的安静的红树林深处，和云上的月亮与星星，和河流树林的完全融合，真的给了我们彻底又透彻的一份身心的自然沐浴。

干净而透亮。

也只有在那样的夜，在那样原生态保护和留存得如此之大，如此之完整的海南湿地红树林，在没有一丝城市灯光，在萤火虫身体的闪耀下，才能看见远离了喧嚣最纯洁的我们自己。

两次八门湾，没有骑行，未能骑行，初恋的情怀圆不圆梦不重要，重要的是我知道这里是净土，如初恋般纯洁。我知道这里有可以去实现梦想的场景，就可以了。

我知道，我还会再去八门湾。

23

玉佛石前传

要把这块玉石送到梦中指引的它应该去的地方，回到它的原生。

一开始听龙楼的朋友提起他们这里有个玉佛宫，说带我去看，我是抗拒的。

可以说我是一个热爱旅游又“懒游”的人。怎么说呢？就是我喜欢出行去远方，但等到达别处时，大多数时候我其实并不爱把时间安排得密不透风，去游览和观看各种旅游攻略上推荐的景点名胜，相比较复习一样的走马观花，我更喜欢停下来，静下来，找一处让自己舒服的角落，就这样毫无目的地待半天，彻彻底底地“懒”下来。

在一个完全陌生的地方静止，用另一种方式去感受和触摸它隐藏在空气中的建筑与人群的味道气场，也是我旅行字典里的一种方式。

我称之为旅行留白。

更何况我原本就对庙宇楼阁之类常规推荐的人造场所不以为然。所以朋友说了几次，我都无动于衷。

后来，和另一个朋友开车从正在建的滨海旅游快速干线经过，车经过一片树木渐疏的空地时，朋友突然说：“看，那块大石头还躺在那里呢！风吹雨淋的，也不知道什么时候才能完成它的主人的梦想。”

我顺着朋友的手指看出去，一掠而过的车窗外，有一块醒目的巨石，傲然耸立在铜鼓岭脚下月亮湾的海边。那里应该是龙楼镇和昌洒镇交界的边界了，真心

说，还未开发，而且因为台风经常从这里掠过，所以是比较荒凉的。

“那块石头，就是他们之前告诉你的玉佛石。”开车的朋友说，“巨石的老板是外地人，说是做了一个梦，得了这块大石，然后又做了一个梦，梦中这块大石最后的归宿地应该是铜鼓岭海边的这样一个地方，就不远万里几乎倾家荡产地把这块价值不菲的巨大玉石，从北方运到海南龙楼来了。”

哦，原来说的是这样的一个玉佛宫的玉佛石啊！

我突然感兴趣了。

比起修建完美、肃穆庄严供人参观的亭台楼阁，这样完全裸露，还未完成，尚未披上神秘精美外衣的玉石前世，真的更让我兴趣盎然。

呵呵，也是，那些神仙，也都是有了在成仙前的凡人历劫和磨难种种，才让我们觉得眼前的泥塑金身有了让人记忆深刻的鲜活印象啊。

所以，这一次是我主动提出要去看

玉佛石了。

第二天下午，阳光很烈，我们去的时候，下午三点的艳阳透过云层，明晃晃地照耀在我们身上。下了快速干线后的支路还没修好，很难开，更难走。而那块巨大的玉石，就这样很近地，赤裸而原生地立在我眼前。

玉石重达480吨。

不知道这样重量的一整块玉石算不算得上是世界之最，但在我有限的几十年人生里，的确从未见过。也没听说过。

太庞大了。除了这块巨石的大，它那种完全裸露在月亮湾海滩边无惧无畏的姿态，全身架满铁架正在雕刻施工的进行时，也让人震撼。

正如朋友所说，这块北方的飞来玉石很传奇。它的主人的朋友，开采山矿多年未果，便想转手，信息转到这位有缘人这里，他对开矿采石其实并不感兴趣，但那天晚上，他做了个和这座待转手的矿山有关的梦，那个梦很清晰，清晰到他第二天醒来去原地原山一看，竟然和梦中的景象完全一模一样。这位有缘人觉得很神奇，心动之下，就买下了这座山。

然后，照着梦中的指引，他很神奇地就挖出了这块重达480吨的玉石。

这事说起来，就真的只有缘分两个字能解释得清了。

很多闻讯而来的商人想出价收购，都被他摇头否决。家里人问他是怎么想的，他说，挖出玉石的那天晚上，他又做了一个梦，梦到了一个地方，有碧蓝的海湾和靠海的山岭，而这块玉石，就在海和山岭的旁边，与之遥相呼应。

那个地方在梦境中非常清晰，就像前一次买山挖玉的场景一样，同样清晰地刻在他脑海里。他觉得有一种无法抑制的指引感和责任感，驱使着他一定要去做这个事，要把这块玉石送到梦中指引的它应该去的地方，回到它的原生。

回到原生。听到这句话的时候，再看看眼前的玉石，忽然很感动。不管故事真实的成分有多少，一块石头，能在超越人的意识空间的梦境中，千方百计寄托于有缘之人，去到它想去的地方，就是传奇了。

不知道那位有缘人是不是也与我有一样的想法，所以他开始一心一意要为他的大玉石找到梦境中的那个地方。当他走遍海南岛的海边，最后终于走到龙楼的铜鼓岭和月亮湾时，他知道，就是这里了。和梦中完全一模一样。梦与现实的完美叠合，再次印证了神灵的某种神奇的指引和告知。

接下来的事，就是要憋足一股劲，费尽千辛万苦，以不可想象的毅力，把一块重达480吨的巨大玉石，从中国的北方某省，运送到最南端的龙楼海边。

其中耗时耗力、耗费的精神和金钱，真的很难想象。但幸运的是，一切终于成功了。所以，就有了此刻在我们面前的传奇的玉佛石。

这期间过程长达好几年，换一般人，也许早放弃了。朋友认识玉石的主人，听他说起，有时也觉得自己的举动很不可思议，除了缘分，也就真的只能是一种神秘力量在指引吧。

难道真的是回到原生？！

落地龙楼铜鼓岭月亮湾海滩边的玉佛石，按照原计划，是要请国内知名玉石雕刻大师，依照玉石的原有纹理和走向，自然雕刻成形的。然后造一座玉佛宫，让它安家。但它的主人可能是近一两年生意运转有些困难，资金周转不太灵，后续的工作便有些断断续续。玉石也就这样，以一种进行时的状态，静卧在山下海边，不急不慌，完续着自己的前序传说，并等待下一个章节的启幕。

我一直没有见到玉石的主人，我觉得对于和龙楼的山水海湾有着这样神奇缘分的人和石，或许，还是继续留存着一点未见的神秘感最好。

24 远方的南洋，回来的美丽汇

有些东西留不住，那我们就用新的方式去重建它。还好有南洋美丽汇。

关于美丽汇，真的是因为有一次在鲁能琪八会所的一次座谈会，我才更深刻地理解了它于南洋归来的人的意义所在。

那天龙楼的天气很奇妙，希尔顿酒店前面一千米不到的海滩下了一场转瞬即逝的雷阵雨，而希尔顿酒店后面的琪八会所却晴空万里，一滴雨没下。

阳光很好，田野很美，空气中有雨润的芳香和湿气。我被通知来开会，几分钟时间，从雨中快速移位到晴空下，真正的“左边日出右边雨”。站在琪八会所二楼四面都是阳台的走廊上，狠狠呼吸了一口夹杂着阳光雨水的湿漉漉的空气，突然任性地觉得，不要进去开会了吧，看风景很重要。

当然不行。摇完头，我自己都偷偷笑了起来。

二楼通透的玻璃会所里已经坐满了人。这是一个半正式的座谈会，来之前我已经知道，从马来西亚来了一个商务团队，他们看上了美丽汇。他们都是从海南下南洋的华人后裔们。

我进去，看见那位众人称呼“翁部长”的带队商会会长，他和我们想象的马来西亚人不太一样，肤色极白，坐在那里就能看到他的个子很高，脊背挺得很直，戴着儒雅秀气的眼镜。如果不是一早知道翁部长是马来西亚前交通部部长，我会认为他是一位来自北方的文职将军。

我甚至都觉得他不会是海南人。但坐在我旁边鲁能的朋友轻声告诉我，翁部长祖籍就是文昌的。而那位正在讲 PPT 的副会长郑先生，刚才自我介绍了，他爷爷就是龙楼好圣村人。

郑先生的父亲曾经回来省亲过，他自己是第一次回到祖辈的家乡，所以很激动，也很兴奋。也许，这两天的游览参观，这个他从来没有回来过的家乡，还是崭新得让他目瞪口呆吧。

他没有回来过，但他却是标准的海南人模样和长相。那是基因，无可更改。而从他语速略快的讲述中，我大概知道了，他回来看到的这个故乡，已经完全找不到他爷爷和他父亲跟他描述过的那些当年的场景，那些也许在他出生长大的南洋群岛上，在马来西亚，反而有的童年记忆，那些华人们因为思乡，一直执拗地带在身边的古老的传统。

中国发展变化太快，而且这种变化已经从城市渗透到乡村。有些东西留不住，那我们就用新的方式去重建它。

还好有南洋美丽汇。

整个南洋美丽汇的复建和定位，正好给了这些回乡寻根觅祖的南洋人一个圆梦的机会。

美丽汇建筑每一处都有久远的故事和根源，有旧的元素的延伸，也有新的符号。这让他们惊喜，也让他们的这次回来，有了一层新的意义。

让南洋人，融入这次南洋美丽汇的大招商项目中来，让他们的回乡思念之情有最好的落地，让美丽汇的南洋故事真切地流动起来，是这次座谈会的大主题。

在马来西亚有丰富人脉的翁部长领衔，激情满怀地准备把他的商会资源引入龙楼，和美丽汇的招商整合，让南洋人来做南洋美丽汇。

完美。

更让我感动的是，郑会长正在讲述的商业 PPT 时反而非常文艺。他讲的是南洋故事，其中有很多幅手绘图画，风格和色调都很怀旧。几乎每一幅画的展现都是一段南洋和中国文化交融的呈现。我印象最深刻的是有一幅图画，画了一位老者，正悠闲地坐在木凳子上炸油条，他甚至把一条腿架在凳子脚上，慢时光的岁月顷刻跃于纸上，温暖满怀。而共同的生活习惯

场景，也让我们彼此间有了更多的共融点。

我在这里就不仔细讲述他们即将给美丽汇带来的种种好吃好玩的真正的南洋商业了，好戏即将开场，有兴趣的小伙伴们一定要到美丽汇自己去体验和寻找哈。我能透露给大家的是，我最爱吃的榴莲猫山王也在那份 PPT 名单之列。

在远离北京的海边小镇，吃最正宗的猫山王，想想都要流口水呢。

期待美丽汇。等待南洋回来。

剧透，在美丽汇的免税店买买买

受疫情的影响，国外一时半会儿是去不了了，我朋友圈里的代购们也都偃旗息鼓，寻找别的商机和门路去了。知道我要来海南，朋友们都支棱起来，喊我帮忙带东西。

所以这次走之前，我不仅先去了两趟海口的免税店，更是提前三个小时到机场，留足了购物的时间。

购物是我放松心情的独家秘方，特别是在免税店和奥特莱斯。就连旅游，我也有很大一部分是围绕着这个目的。每到一个地方，风景和美食可以先撇在一旁不提，街可是一定要逛的。

而我也越来越感受到，海南真的很好逛。

政策的倾斜，地产的助力，从最开始的一个概念，到几处试点，从化妆品到手机、相机和手表。我和朋友畅想着，海南真的适合打造成一个休闲度假购物的无忧岛。除了阳光海滩和买买买，什么都不需要考虑。

朋友说，说不定未来，海南会成为一个大的免税岛，每个地方都有自己不同的免税商品，环岛都有不同的可买的可玩的，说不定，龙楼也会有自己的免税城。

我愣住了，说到点子上了，还有哪里，比南洋美丽汇更适合作为免税城的呢。住的有旁边的希尔顿和民宿，玩的走两步就有铜鼓岭、石头公园，现代的建筑包裹着南洋文化精神的传承，开放的街区欢迎着每一位远道而来的贵客。

就是要在歌剧院里办时装秀！就是要把威尼斯宫殿改造成奢侈品专柜！

过去和未来的碰撞，传统和商业的结合，这不是梦想，这也许就是南洋美丽汇的明天。

25

爱上经过清澜大桥

那是我喜欢的一条路，也是我每次去往龙楼镇美好心情的起始点。

这是一个我在前文提到过的小趣事，也是我本来不想说的小快乐。

是爱上经过清澜大桥那条路的心情故事。

几天前，海口的好朋友给我打电话，我还没来得及打招呼呢，电话那边劈头盖脸就是一通抱怨，等他说完了，我弄明白了，也乐了。原来，这段时间去海南，都是他把一辆闲置的红色奥迪借给我开，来来去去快一年了，去年审车前，一查，竟然无数个超速行驶的罚单在等着他。

“罚款都不重要，你知道我被扣了多少分吗？！”

朋友在电话那头继续埋怨。

我举着手机，嘿嘿傻笑。

“而且都不敢相信，几乎所有的罚单都是在从文昌到龙楼去的那条快速干道上，在清澜大桥上。美女，你就算看不见车，难道就不知道那条路也是限速的吗？就由着自己的性子想跑多快就开多快吗？！”

这句话说到点子上了，我自嘲着辩解：“对啊，谁叫那条路那么漂亮，还没有多少车，我在北京可从来没那么开心地开过车，当然就管不住踩油门的脚了。”

朋友语塞，半天才回复我一句：“真是没见过世面的北京人！”

好吧，我同意。

说起这件事，那就要先交代一下我和海口这位朋友之间的一个小约定。因为来去龙楼次数多了，所以每次来和走，他都不接不送，但会在我来之前抽空先把车停在机场停车场里，然后拍了照片微信给我，我手里也会有一把那辆车的钥匙，下了飞机，我就娴熟自如地直奔机场停车场，按图索骥地找到车，娴熟自如地开上去龙楼的路。

同样，回北京的时候，我自己把自己送到美兰机场，停好车，如法炮制地把照片微信给我的朋友，让他自己有空就去取。

有时候感叹，现代移动科技的发达，让我们省了多少不必要的人情接送啊。

当然这样，也让我几乎后来的每一次，都是自己负责海口机场到龙楼的全程行车。

这样一来，一不小心就犯了刚才朋友在电话里抱怨我的那些错误。

从海口到文昌的高速公路还好，只要不超时速120公里，怎么跑，都是有道理的。可是，在他说的那段文昌到龙楼的公路段，更确切地说，是从清澜大桥到转进龙楼镇的那段路，啊，那么爽快的一条大马路，宽敞笔直，椰树摇曳，阳光普照，蓝天白云，大多数时候，双向四车道的漂亮公路上是很少很少有车来回的。尤其在清澜大桥上，双向六车道的路面，清澜港和清澜江从桥下掠过，微微浮起的桥面坡道让人实在是管不住自己要将油门一踩到底，飞驶起来。

我会经常用一句话来告诉朋友，形容我当时随着车速要飞扬起来的心情。我说，那种感觉，就好像要开到桥前面的云彩里去了啊！

我当然知道那条路是限速的，我也知道超速驾驶是危险的，可是，面对那样的美景与赛道似的通畅大道，一个在北京的三环四环五环上憋屈了很久的驾驶者，此刻，有点忘了交通规则。

当然开着开着就飞驶起来了。

好吧，我检讨。

但检讨归检讨，还是要在这里悄悄分享一下我的小快乐，不然，我朋友帮我交的那些罚单不白交了吗？！

真的很美！那是我喜欢的一条路，也是我每次去往龙楼镇美好心情的起始点。试想一下，越桥而过，笔直向前，毫无阻挡，能“打扰”到你视线和速度的，除了风景，还是风景，心情怎能不畅快？！

当然，也有小插曲。有的时候，路边会突然窜出来一辆村民的摩托车和三轮车，他们贴边而行，让你知道这是在快速干道，而不是高速通道，让我小小收敛一下越来越快的车速。当然，更刺激的是那些偶尔碰见的，漫步走过马路中间的村里的水牛。它们从路旁的田地里穿行到马路对面时，淡定而从容地从我的车前慢悠悠走过，我诧异而无奈地停下车，好像看着另一种仪式的检阅，和宣示它们对土地的主权，而我，只能心甘情愿乖乖目睹着它们的经过。

然后我会开心地拍照，发朋友圈，再引来圈里朋友们一阵惊奇的感叹。

这样的路上，有这样的风景，又怎么能让我控制得住脚下的油门啊！

好吧，以后我尽量不再超速了，尽量换一种心情慢慢欣赏沿途的风景。但是，如果有机会去龙楼，下了飞机以后建议一定自己开着车前往，在天气好的时候，云朵在蓝天低低地飘着的时候，在清澜大桥上，就算控制住车速行驶，看见前面没入云中的桥面，还是会有顷刻要驶上云端的感觉。

心情就会快乐地飞扬起来。

26

假装看见仙境 七洲列岛

一定要去七洲列岛，成为我的摄影团队在用脚和眼睛大量探寻龙楼无数美景后的终极目标。

龍楼

关于七洲列岛的传说，是从一踏上龙楼的土地就开始听说的。

传说中的七洲列岛是没有人居住，但是在七个排列有序的小岛上面，一年四季的日日夜夜都盘旋着各类美丽的鸟，海面跳跃穿梭着数不胜数的鱼类。

当然，除了鸟和鱼，七洲列岛最让人神往的，还是让每个人说起它时，就连龙楼本地最资深的渔民都神往不已的海底七彩珊瑚。

“美得像另外一个世界。如果有机会能下海去看看，你都不敢相信海底原来有这么美！”

当我追着朋友问起关于七洲列岛的种种时，他目光神往地告诉我。

身为资深渔民的朋友当然去过。龙楼渔民对海的熟悉与自如，就像自己就是一条回到另一个家的鱼。

七洲列岛当然是龙楼的地界，在龙楼众多隐藏的美丽风景中，七洲列岛因为无人居住，因为隔海而望，也因为它不着人间烟火、仙境似的一尘不染，而充满了让人无限向往的种种理由。

一定要去七洲列岛，成为我的摄影团队在用脚和眼睛丈量探寻龙楼无数美景后的终极目标。

我做了郑重其事的承诺。

但是要去七洲列岛是个很“严肃而慎重”的事情。怎么说？第一，到目前为

止，它并没有开通旅游线路，要去，就只有约渔民的船，而且最好是大船，不然浪大颠簸，晕船是分分钟的事。万一晕船了，照朋友的说法，那种难受的滋味比看见美景更会让人记忆深刻。

说真的，这个不知是真是假的警示真的有一点吓到我。所以在龙楼的很长一段时间里，摄影师们不提，我也不提上岛的事，摄影师们提了，我就用朋友说的话如释重负回复他们："朋友说浪大啊，去不了的。"

这个是真的。这也是要上七洲列岛的第二个注意事项。对于我们这些海上航行的"菜鸟"来说，肯定是风平浪静好上岛。

所以，我只有在陪朋友们登上铜鼓岭，在天空非常晴朗、一望无际的情况下，才能够远远遥望到海对面若隐若现如仙境般呈现在海面上的那些小岛。

隔海看岛，先睹为快吧。

那就是传说中的七洲列岛。

从铜鼓岭云遮雾绕的景象中看到海面前方的神奇岛屿，如仙境般存在着。

我们在龙楼的时候，几乎每一个闻讯过来的好朋友落地后不久，提出的一个要求就是，带我们上七洲列岛。

中间有正在计划骑着摩托车沿祖国

边境绕行一圈的骑行者小伟，听说我们正计划上七洲列岛，便将机票一改再改，眼巴巴等着能和我们一船同行上七洲列岛看鸟，看鱼，看珊瑚。传说中无人居住的美丽小岛，应该是最吸引他这个已经看过太多沿途风光的骑行者了。结果，行程不能再改签了，七洲列岛却始终未能成行，小伟终于满怀遗憾地登上离去的航班，去完成他的原定骑行计划。

再说一个趣事。

那天，我和祝影在云卷云舒客栈聊天，聊到七洲列岛的美景，有住店客人听见了，便立刻凑上前来各种打听上岛细节。当得知成行的难度颇大时，他便退而求其次，打算跟着我们去铜鼓岭和月亮湾沙滩，期待海面清朗，天空辽阔，能远望到海对面的岛的仙境与灵光。

真是心诚啊！

所以，当最后终于各方面条件成熟，连续几天阳光灿烂，海面风平浪静后，我们确定了第二天前往七洲列岛的重大决定。

那是六月的最后一天，一个很有意义的日子。那一天很多人都在忙着迎接香港回归二十周年，迎接党的生日。

从未去过七洲列岛的镇政府的好几个年轻干部决定和我们同行。

我紧锣密鼓地开始通知一串朋友，鼓动他们和我一起上岛。不知道是觉得人多力量大就不怕晕船了呢，还是真的担心朋友们错过了绝世美景。

正在出差的鲁能帅哥笑我：“是要上去插红旗宣示主权吗？”

我说：“不但要插红旗，还要栽椰子树去。”

信心满满，期待满满。可是，乐极生悲的是，我的左脚临行前一天却扭伤了，瘸着一只脚走路都难，想登船上岛看来是不可能了。

老套的电视剧脚本都是这样编剧情的，但这不是剧情，是实情。

第二天上午，临行前准备，我哭丧着脸，一边拜托各位如愿上岛的朋友给我多拍照片和视频，一边还不忘继续鼓动另一位前一天因为在礁石上忘形而摔伤了肩膀、正在文昌医院拍片看有没有骨折的外地朋友。

我斩钉截铁地告诉他：“你不去你会后悔的！”

“好！那我马上赶过来！”正在拍片的朋友立刻决定不拍片了，返回龙楼。

“那你去吗？”他问。

我的声音忽然变得气若游丝：“我和你不一样，你伤的是胳膊，我是左脚扭

伤了，我去不了了，我只能用右脚开车送你们去宝翎港口上船。”

就这么可笑而可怜！最期待上七洲列岛的我，最后只能眼巴巴瘸着脚，站在宝翎港码头，看着我的朋友们登上小船，驶离岸地，驶向停靠在海中等待起航的大船。

去向传说中的仙境七洲列岛。

连听到风声的祝影都顾不上管她的客栈和客人了，让她老公骑摩托车带着她一路飞驶而来。她抢先跳上小船，一袭耀眼的红衣，耀眼的反光墨镜，兴奋莫名的她还远远对我挥了挥手，一个飞吻给我，然后大声告诉我：“你等着哈，我给你拍好多好多照片回来给你看哈！”

这到底是安慰呢还是刺伤呢？！

总之，最后就落下我孤零零一个人守在宝翎港，守着那两部空车，痴痴地等着他们带着美景照片回来。

我最终还是没能去成众望所向的七洲列岛，但是我第一时间得到了各位从“仙界”归来的朋友们的一手资讯，所以，也是可以在这里剧透和显摆一下的。

第一，那两位赤膊上阵的摄影师帅哥，就算船舱内有座位可以避风避晒，他们俩也是全程待在船舱外的甲板上，举着“长枪短炮”，一路在海上的烈日下猛拍，

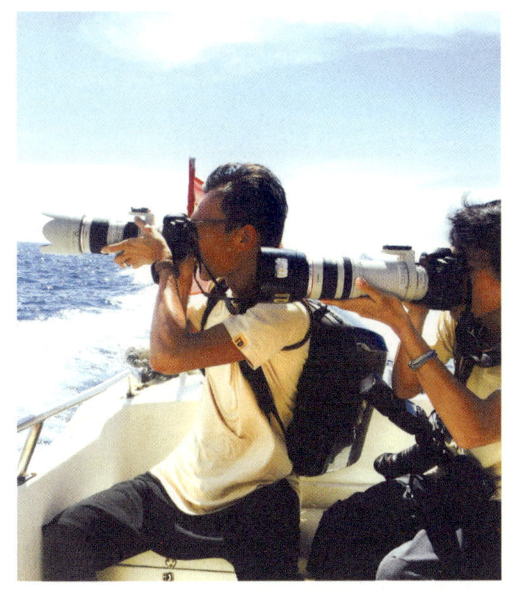

生怕错过一分钟的美景。

所以，他们回来，基本上从棕黑色的“帅狗”被晒成了深黑色的“帅狗狗”。

有图片为证。

第二，祝影说的，岛上飞起的全是不知名的鸟，美得让人都想跳起来跟它们一起飞。而且那些鸟儿见人来，也不飞远，就盘旋着，从你眼前低低地飞走，又妖娆着飞回来。像在调情，也像在调戏。

当然，如果一低头，海里的鱼多到让你几乎产生幻觉，觉得这是海天盛宴“煮鱼汤”吗？！祝影说，感觉一伸手，就能抓一堆鱼上来，但是，事实是那些鱼灵活得像在跳华尔兹，你看着在手中，就是抓不着。

第三，镇上的小美女飞燕汇报，之前去的镇领导栽下的那两株椰子树正在茂盛生长，然后，大家又齐心协力栽下了新的椰子树。

站在自己的土地上亲手栽上家乡的树，就是幸福的满足，是一种自豪的态度。

还好，他们都不是受过培训的专业人士，也未带着专业设备，要是他们潜水

下海去看到了七洲真正的海底秘密七彩珊瑚，估计我得听得吐血。

原来真正会遗憾的人是我啊！

好吧，人生总是会有遗憾的，那我就暂时留点遗憾在美丽的七洲列岛吧。这样，我也总能给自己最好的借口，再次不停地回到龙楼啊！

但我还是有虚荣心的。第二天下午，和那位也没去成的鲁能帅哥在希尔顿酒店的行政酒廊喝茶时，不知情的他带点艳羡地问我：“怎么样啊？你去看了七洲列岛，觉得美不美啊？”

“美不胜收！”我底气十足地回答。

那一时刻，我真的很惊异自己淡定而眉飞色舞如现场般的描述。我总结来的一手资讯，此刻发挥了强大效果，我接下来带有极大情感煽动性的种种精彩描述，让那位帅哥深信不疑。

我也深信不疑。

好像自己真的去过七洲列岛了。

其实，正如我给帅哥的最后总结：“就像每个人心中都有一个蓬莱仙境，蓬莱仙境是什么样，我们不一定能见到，但七洲列岛我们可以看见。它就在龙楼，是我们的眼睛看得见、我们的双脚可以走到的仙境。”

如此之近。

但是，如果你们去到龙楼，千万不要问我怎样才能上去七洲列岛，那是个难题。要是真的有诚意和决心，那就去找每一个你们能找到的龙楼渔民吧，看看有没有这样的缘分，让他们带你去仙境。

天上的北斗
和海上的七洲

在我的字典里，龙楼有三个最重要的传奇：铜鼓岭、航天和七洲列岛。这三个传奇也分别占据了龙楼故事里和山、海、天有关联的因素。

年岁增长，走的地方渐渐多了，便开始懂得，大自然赋予的，那一定就是有关联的。

我又是一个喜欢寻找故事源头和原点的人，铜鼓岭和石头公园的相生相依，因为《西游记》当年的拍摄，也因了孙悟空的惊天出世，让这片礁石和山岭的过往传奇有了最完美的延伸和延续。

那就是龙楼山的前生。

而航天，毋庸置疑，是未来，是所有国人放在这座滨海小镇的最重的航天梦。更是龙楼的使命。

那么七洲列岛呢？这群有时可望，有时不可望，却排列有序，在龙楼的海上时刻遥望着的七座充满了仙气的群岛，又是哪里坠落的神话？

我就愿意这么想象着。

相信去过龙楼海岸，去过七洲列岛的每个人，都愿意像我这样想象着。

直到有一天，当我看见摄影师们在某一个繁星满天的夜空，在那美如绝色的晚上，拍下一张张深度曝光后的星空照片后，我拿着照片，不可置信地给摄影师们打电话问：“那么多的星星，你们是P的吗？！”然后，隔着电话，我都能听见那边摄影师们傲慢和轻视的语气：“我们可没空去P星星。海边的夜空晴朗了，星星就有那么多！不但有那么多小星星，还有北斗七星呢！你没看见过吗？”

话说得我不敢再接嘴了，怕露怯。我放下电话开始仔细看照片，想找到他们嘴里的，躲过了我的眼睛搜索的北斗七星。

真的有吗？真的有。在龙楼的无数个宁静的夜，无数个繁星满天，皓月当空的干净的晚上，我从来都不知道，那几颗最亮的北斗，也在天上，在群星中，在我们城市夜空中很难很难出现，却出现在海边天空的夜色中。

我们用长夜的守候和技术曝光，把天上的美丽定格呈现了出来。

当定格了大自然这份罕见的美丽后，我又惊讶地发现，原来，天上北斗七星的排列，和海上七洲列岛的有序，竟是那么契合。

原来，当天上的北斗七星映照到海面时，就是龙楼海上隐藏的仙境七洲列岛。

那就是星星们游玩人间的神话。

是故事的源头。

我一丝不苟地选择了相信这样巧合的想象，这就是大自然再次赋予龙楼的一种传奇。

星空，海湾那头静谧的铜鼓岭，腾空飞升的卫星火箭，悄悄游玩人间的群岛七洲，和天上的北斗。

而龙楼所有隐藏的美丽，都在此刻，都在夜空中，被发现，被点亮。

27

『胖五发射倒数前的另面幕后花絮

它最灿烂的时刻就是发射。那是全世界都会为之屏住呼吸的灿烂时刻。

由于众所周知的原因，我们没有办法更多地靠近并进入卫星发射基地的中心。就算对已深入到自己土地的龙楼本地居民来说，它在身边，日夜可见，卫星发射的更多细节和内容，却也是一个神秘的所在。

尤其在平时的大多数日子里，近在咫尺的基地中心都是沉默而安静的。远望去，除了蓝天下那几座高耸的发射塔，和知道的驻地官兵，以及只闻其名不见其身的基地科研人员们，其他的，基本一无所知。

它最灿烂的时刻就是发射。那是全世界都会为之屏住呼吸的灿烂时刻。

是的，全世界。

据民间消息报道，当酒泉、西昌、太原三大老牌发射基地逐渐成为更专业而且向更多军用发射中心使用地发展后，拥有绝佳地理坐标的文昌龙楼卫星发射基地，就正在成为集旅游和看卫星发射于一体，“观山观海观卫星”的最佳选择地。

龙楼地标：北纬 19° ，东经 109° 。

也就是说，如此低的纬度，距离赤道只有 19 度，地球自转造成的离心力可以让火箭负载更多的物品。

换句话来理解，就是这里更适合发射大型卫星。

据各种民间消息报道，未来龙楼，将承载起国内所有大型卫星火箭的发射

任务。

我的简单理解是，这里发射的卫星会又大又好看。

前面我们也实事求是地实地介绍过了，龙楼卫星发射中心全部采用我们国家最新一代无毒无污染的运载火箭和助推燃料。火箭卫星腾空后，草木无损，海洋无损。而龙楼独有的28公里海岸线又成为最好的观赏平台。

而且，这里一早就被定位为我国唯一的开放式滨海发射场。

这样一来，就造成了只要卫星发射的日子，龙楼不但所有的酒店住宿一房难求，而且平时安静的马路和海岸都是人满为患。

我听到过的最惊人的信息是，2016年6月25日文昌第一颗卫星发射的时候，有超过十万人一日之间涌到了小小的龙楼镇。几乎所有的马路都快拥堵成了停车场，超市里的东西被买空，餐馆的食物也被游客们吃光光。

很快，2016年11月“胖五”首次发射时，我在现场体会并感受到了那份现实的场景，以及无数人潮涌来后，整个龙楼的天空中都在燃烧着的热情与期待。

我觉得，就算是最引人注目的世界级优秀球队的决赛，都很难与之相比。

然而，那么多人涌入龙楼，观看、狂欢、再撤离，无论是安保还是各项疏通疏散工作，都是巨大无比的压力和责任，压在了当地政府和公安武警们的身上。

我不知道到底有多少人，每次在为卫星发射的安全保障做好背后的工作，但在我的经历里，从卫星发射前一周开始，

我平时认识并能常常见到的镇干部们，几乎都看不见踪影，也根本顾不上接我的闲聊电话了。

我想在这里试试，用另一种方式的追踪和描述，用我的能力所能尽量接触到的，在为每一次发射做着另一种工作的人们的片段情景，向读者们展示龙楼最灿烂时刻的另类花絮吧。

就以最近的2017年7月2日的“胖五”第二次发射前来简述吧。

第一个场景。

我很聪明地一早就让一位好朋友和龙楼边防派出所的王所长打好招呼，说我要去看看发射那天他在忙什么。

“胖五”发射是定在晚上7点15分，预知到我想见的所有人都不太可能在下午5点后再见到，所以我在上午10点前就直接去了边防派出所。

和善的王所长一身戎装在他的会议室和我聊了会儿。龙楼边防派出所二十几个人在本次发射任务安保期负责淇水湾66号地块的治安巡查，并保证疏散观看群众的安全。因为有了前几次发射的安保经验，工作都有条不紊地推进着，人员也都已安排到岗到位，下午3点开始，王所长就要和前来支援的大队长一起，不停巡查整个淇水湾海岸的布岗沿线了。

淇水湾沿线是指从石头公园到发射基地的海岸，也就是前文所写连接山、海、天的木栈道沿线，是龙楼卫星发射观看之最佳海岸线，没有之一。基本上最多的人群都是愿意奔向海边，站在海岸线上看卫星火箭照亮天空和海面的刹那美景，所以，这里的巡查安保和疏散工作也是最重的。

王所长很镇定，始终笑眯眯，忙而不乱。他很准确清楚地回答着我的每一个问题，最后还邀请我，如果愿意，可以跟着他的车一起去巡查。

“什么时候？”我问。

“从下午3点一直到发射完毕，全部人群散尽。”他说。

我遗憾地表示放弃。

实话实说，因为爱热闹的我又约了一群朋友在海边聚餐，边喝啤酒边看发射。这是我不能放弃的快乐时刻。

第二个场景。

从边防派出所出来后，我给镇派出所另一位王所长打电话。电话被掐断，短信回过来告知在开会。我想了想，就发了个短信，让这一位王所长在方便的时候联系我。过了好一会儿，短信回了，王所长说估计很难，今天有好多工作，事无巨细，不敢保证，还是忙完发射再见。

完全能够理解。

我只有掉头从镇派出所门口直接去了镇政府。

第三个场景。

我知道这里一定是最忙的。小小的镇政府此刻是另一个指挥中心。如果说不远处的卫星发射指挥中心被全世界关注，那么维系和保证卫星发射现场工作的如序进行，就是镇政府和派出所共同的重任。

前车之鉴，我不能打电话，打了也约不了，那就直接上门去，看见谁找谁聊，看见谁就是谁了。

首先被我“堵”住的人是镇政府的陈主任。陈主任坐在人来人往的办公室里，桌上满是各种资料文件，我进去的时候看

见他正一只手拿着电话在说，另一只手握着鼠标，眼睛正盯着电脑屏幕。

我坐在他对面，讪讪说明来意。

感觉陈主任已经锻炼出了三头六臂分身有术的本领，在我的不断提问和他的回答中，陈主任一点也没耽误他的忙而不乱的各项工作。

陈主任告诉我，“胖五”发射，镇政府最大的工作重点就是要疏散并保障近处村民和财产安全。因为“胖五”体积大，这次疏散村民达一千多人，有六个村民小组人员将在发射前一小时，分批分组全部疏散到两个临时疏散点：龙楼镇羽毛球馆和淇水湾 66 号地块。

我看了看陈主任刚打印出来的厚厚的疏散方案，诧异道：“1028 个村民群众，整个镇所有的工作人员加起来好像也只有五六十人吧，你们忙得过来吗？！”

陈主任抬眼看着我，嘿嘿一笑，有点得意：“所以我们很厉害的啊！”

我也笑，我又看了看方案，知道在这一天，镇政府会外调近百名外镇干部来一起完成这项重要的疏散工作，以确保所有人员的平安和情绪的稳定。

谁都知道，卫星准时准点顺利发射，对安保工作者来说，疏散工作是一件有序完成的任务，但如果因为种种原因延时，

那每一次未知的延时通知，对守护群众和大量游客的工作人员来说，就是挑战。

我自己就亲身经历过2016年11月“胖五”第一次发射延时近三个小时中，每一分每一秒的如坐针毡与焦灼。

我就更能理解当大量群众聚集在一个临时疏散点时，镇政府工作人员面临的安抚压力。各种情况都有可能发生，各种情况都要做好发生的预案和救急。

所以此刻，不练就高度紧张状态下的三头六臂能力，如何能处理好每一项极细致的工作？！

陈主任说的没错，他们当然很厉害！

第四个场景。

7月2号下午3点，我再返回到镇政府时，所有我之前找不到人、联系不上的镇书记、镇长、副书记、主任全都齐集到位，他们正在开发射前的工作动员大会。所有工作人员也全部到位，整齐有序。工作安排和小组分队清楚明白。疏散和安保的动员大会一开完，所有干部都带着各自小组成员奔赴现场，开始工作。

从现在开始，是卫星发射的倒计时，也是他们工作的倒计时。

或者，接下来的倒数时间，我更愿意用这些我们跟拍到的真实的配图，来展现他们的工作，来让每一位游客以及读者，知道并感谢和我们共同等待卫星发射时的另一群人，他们不同的状态。

28

她的另类前半生，和龙楼之行

而那种无边无际的宁静与辽阔，真的是可以将一个人的身体和心灵都彻底清涤干净的。

龍樓

在我又一次准备启程从北京飞龙楼的时候，我的女朋友夏雪从成都给我打来电话。她的话非常简单，她问我："你是飞海南去你说过的那个特别美的海边小镇吗？"在得到我肯定的答复后，她直接告诉我，她也去，立刻订票，会和我同时到达海口机场碰面。

我隐隐觉得，她一定是又遇到了生活中无法解答的难题了，所以才会再次决然出行。

说再次，是因为在我这位好朋友几十年堪称跌宕起伏的人生里，上一次遇到重大困惑时，她的决定也是出行。

用"出行"而不是"出走"，是夏雪自己的定位。她给自己的这种举动用了一个词解释：去别处解惑人生。而这个别处，在她的词典里，有三个地方是可以远离尘世和城市的，是可以净化心灵，放下负累，走出困境的。

这三个地方是：西藏，云南，和海南。

我们曾经讨论过：为什么我们总是在城市的车水马龙中走无可走的时候，会想念这样的地方？真的是人在极困惑的状况下，一定要换一个截然不同的环境，要和最纯净的大自然最亲密地接触，要亲近高山、大海、蓝天、草原和雪山，要站在最朴实的自然和土地中面对自己，才能重新获得宁静的力量。

她是有过体验的。

先讲讲我知道的她的故事吧。

今年已经45岁的夏雪是两个孩子的母亲，一个已经不年轻的资深美女。在我的总结里，她的前半生经历，是一个玛丽苏桥段的童话外加知音狗血剧情般的现实。

前半部分玛丽苏桥段是这样的：年轻美丽的夏雪大学毕业后分到银行前台工作没多久，就被她后来的老公一见钟情，他展开痴情的追求模式。大她八岁的老公那时刚过而立之年，却已是另一家银行的高管，年轻有为，而且多金。喜欢他的女孩子也很多，但照他的说法，是夏雪如琼瑶笔下女主角那种干净漂亮的气质吸引了他，从见她第一眼起，他就认定了要娶她做太太的。

作为夏雪多年的闺蜜，我基本知道她的整个恋爱史，也知道后来让夏雪放弃在学校期间谈了四年的男友、嫁给他人的重要原因。

夏雪老公追夏雪的时候，天天买花，天天接送，礼物和诺言一大堆，夏雪都没有动心。直到有一天，开车送夏雪回家的他，在昏黄的路灯下，一直痴了似的看着夏雪不肯走。他就那么看着，看得夏雪从后背都能感觉到他眼里的不舍和满腔的痴情了。然后，她的未来老公就说了一句话，就让夏雪心软了，他说：“夏雪，我就想这样一辈子都能看着你。”

夏雪说，女人有时候很奇怪，打动她的往往就是不经意的一句话。

夏雪就这样嫁了。因为嫁的老公收入高，又疼她，结婚后夏雪就在老公的百般要求下退出职场，开始做只负责“貌美

如花”的成功男人身旁的全职太太了。

所有的闺蜜都劝阻她的辞职，但夏雪骨子里是个愿意遵循传统规则的女子，她认可了老公给她用山盟海誓规划好的人生目标，那就是生儿育女，享受生活，做个贤妻良母，而老公，会把所有赚钱养家的责任一人担起。当然，他也会把挣来的钱全部交给在家的太太。

玛丽苏桥段的高潮就是，夏雪结婚后就真的过上了“买买买”名牌的富太太的生活。老公很宠她，甚至不断鼓励她去消费去购物。有时候夏雪不解，问老公为什么那么放纵宽容她，老公就半真半假地说，把她宠坏了，她就不会离开他，也不会再有别人会像他这样来宠她惯她了。

听上去很幸福。

但我们旁观者细细一思量，却是感觉到莫名的凉意。

再没有别人敢来宠她，那如果有一天他变心不宠了呢？！

果不其然，玛丽苏的偶像剧故事很快反转，而反转的时间节点在夏雪40岁以后，一个女人开始尴尬的年龄了。

结婚后的夏雪生了两个女儿。那个时候，作为银行业在职高管，生两个孩子，当然是不允许的。虽然从来不说，但夏雪老公骨子里是要儿子的，便用各种言语，用好几年的时间想办法说服了夏雪。不巧的是，36岁的夏雪第二次剖腹产生下的，还是女儿。

老公很失望，但夏雪老公是一个受过高等教育的人，表面上，他一如既往对妻女们好，只是，夏雪在生下小女儿的当时，就由夏雪母亲做主，并没有和她老公

商量就做了结扎这件事，似乎在他心里存下了很深的阴影。

母亲的理由很充分，两次剖腹产了，不能再生了。就认了都是女儿的命吧。

因为超生，夏雪老公被罚了款，降了职，思虑再三，也正好有个机会，他就离职了，出来和朋友一起做起自己擅长的金融投资公司了。

公司经营得很好，虽然赚的钱越来越多，但以前就忙的老公现在越来越忙了，他往夏雪卡上打的钱越来越多，他的人，却越来越少出现在家里了。

夏雪忙着照顾两个女儿，忙着装修家里买的新的大别墅，忙得没有闲暇去顾及身边最亲密的人的细微动向，直到有一天，从来不看老公手机的她，偶然在老公手机上看到刚传过来跳送到屏幕上的那条刺痛眼睛的短信：蒋宝贝，在家干吗呢，我想你了。

夏雪一阵眩晕，她老公姓蒋，这条信息不应该是发错的。

“难道，出轨小三这样的恶作剧也降临到我头上了吗？！”那天晚上，沉住了气、一语不发的夏雪一夜未眠，她睡在老公身边，身体的温度却降到了冰点。

我记得很清楚，那个时候，我已经因为工作的关系从重庆来到了北京。过了好几天，在接到夏雪泣不成声的电话时，我正在东三环日堵夜堵的大马路上拼命想挤出一条通畅的道路来。听完夏雪的哭诉，我让她先冷静，先求证事情的真相。电话那头的夏雪号啕大哭，说是真的，她按照发过来短信的电话已经和对方通过话了，那个女的直言不讳承认了，并表态，他们

俩在一起已经好几年了，她一直都在等着和夏雪摊牌呢。

然后，她们见了一面，大闹了一场，闹得几乎不可开交。

我叹口气，问她："你老公的态度是怎样？"

"他当然各种解释辩解，当然认错，还说怎么都不会离开我和女儿的。"

我继续冷静帮她分析："那现在就看你的态度了，是忘掉这件事，选择原谅，保住家庭，还是眼里一粒沙子都放不下，就看你的心态了。"

夏雪迟疑了，过了好久，她才迟迟疑疑、声音细细地问我："那你的建议呢？"

"我给不了你任何建议啊，你的人生只能你做决定。"我叹气，"一念天堂，一念地狱。我唯一的建议是，你去再看一遍我们都喜欢的亦舒的书《我的前半生》吧。"

是的，我们这个年龄的女子都爱过亦舒，她的很多书曾经是我们走入社会的枕边书。亦舒说，她前半生的好运都用光了。只是没想到，这句话在夏雪这里一语成谶。

我不知道夏雪后来有没有再去看《我的前半生》，但我断断续续知道了她接下来的变故。在独自一人去了一次西藏后，她离婚了。这个始终活在琼瑶和亦舒书里的 40 岁"少女"，不能接受老公出轨给她带来的情感洁癖的打击，断然离婚。她带着两个女儿和分来的财产移居到了成都。这几年来，我有时去成都出差看她，见她带着女儿们租住在一套不到一百平方米的两居室公寓里，素衣素服，反而能安

定平和地生活，便放下心来，同时也有些诧异于她的改变。

要知道夏雪以前在重庆，可是锦衣玉食住着大别墅的，就算离婚，过错方的前夫也没少分钱给她。而且我知道，婚是夏雪要离的，老公抵死不肯离，宁可散尽家财给她也要表示自己的忠心。

分了很多赡养费的夏雪能在另一个城市过上这么朴素而简单的生活，我相信，她嘴里的西藏解惑之行，一定给了她不一般的人生洗礼，才能让她如此干净明白地放下和重生。

好，现在转回到海口机场，我想知道的是，此刻的夏雪，生活中又碰到了怎样的难题，需要飞到她字典里的另一个可以帮她解惑的阳光照耀的地方。

我们从海口机场到达龙楼的时候，天已经黑了。到达酒店的时候，我也就基本上知道了她最近发生的事情。

原来剧情越来越夸张，要不是夏雪面对面亲自告诉我，这么离奇如知音故事的现实剧，我是不敢相信就发生在我的闺蜜身上的。

故事是这样发展的。

和大多数婚外情一样，离了婚的前夫也没有和小三走到一起，他一直求复合，但一直被夏雪拒绝。从西藏回来的夏雪突然发现自己一个人带着女儿们生活也可以很快乐。她发现感情独立起来后，自己的内心也渐渐变得强大。她重拾了结婚前那个独立的个体，她不想再回去，处于靠感情去完全依附一个人的生活状态了。而且她知道，她和前夫之间，那些发生过的伤害留下的阴影是没有办法消除的。

说真的，作为一个曾经养尊处优到差点儿被老公养残了的中年女子，能坚守这样的决定，我很佩服我的闺蜜。我有时候会调侃她是无知者无畏，根本不知道外面世道的生存打拼有多艰辛。每当我说起这一点，夏雪就会感慨她前夫的仗义，就算离婚分手，也给了她充裕的钱财，让她不用“披星戴月”再入职场去挣那一份工资，可以依然和过去一样衣食无忧，只是在家做好全职妈妈就行。

前夫心灰意冷后，终于找了新的女友。也算是兜兜转转，和前面所有舍得舍不得的感情做个了断，开始新的生活吧。

本以为相安无事了，但在半年多前，已经和新女友买了新房准备结婚的前夫，在一次身体不适做检查时，竟然被查出胰腺癌晚期。医生宣布治愈无望。

前夫才五十岁出头，我的新女友也才三十来岁，谁都知道胰腺癌是癌中之癌，全家人都傻了眼了。

好在是富裕人家，钱不是问题，那就开始一轮又一轮的各种最新最先进的治疗吧。最开始，新女友也还好，能不离不弃地陪着他治病寻医，也还能善解人意通情达理地和夏雪在电话里汇报他的病情状况。时间久了，特别是到后来在面对要不要做手术、万一手术不成功、万一有万一所面临的巨大责任时，她承受不起了。

承受不起的更重要的一点是，前夫家人的猜疑和闲言碎语。也是，像新女友这种情况，面对疾病，如果背叛，那是会被唾弃的，但如果不离不弃的对方是有钱人，有的时候，反而会被对方家人严重怀疑是为了分得或获得更多的财产。

巨大的变故和疾病面前，最考验最难测的就是彼此的人心了。

在因为治疗的一点琐事被前夫大姐毫不留情地用各种语言猜疑后，新女友崩溃了。事到如今，感情也没走到要生死与共的地步，两个人也没领过结婚证，也就是一套新房写在了她名下，这样被疑心着，她开始觉得没有必要再勉强自己的心情了。接下来，琼瑶剧情节发生了，她亲自来找夏雪，诚恳说完苦衷，然后告诉夏雪说，思来想去，她认为最好的结局，是把他交还给夏雪来照顾。

生死未卜的前夫就这样被推到了夏雪面前。

已经对前情心静如水的夏雪，也再次被推到人生的另一个绝境。

于情于理，夏雪知道自己这种时候都不能说“不”，可是，内心的很多迷茫和纠结却阻碍着她心情的梳理。最重要的一点是，她要知道自己能不能在这样的情形下完全原谅背叛的前夫，重新接纳他回到身边？！

选择时刻，她明白自己需要“跳”出去，从人情世故的冷暖中抽身而去。她需要另一个完全陌生的空间，来思考所发生的一切，知道自己真实的内心。

就这样，她来到了听我说过无数次的龙楼。

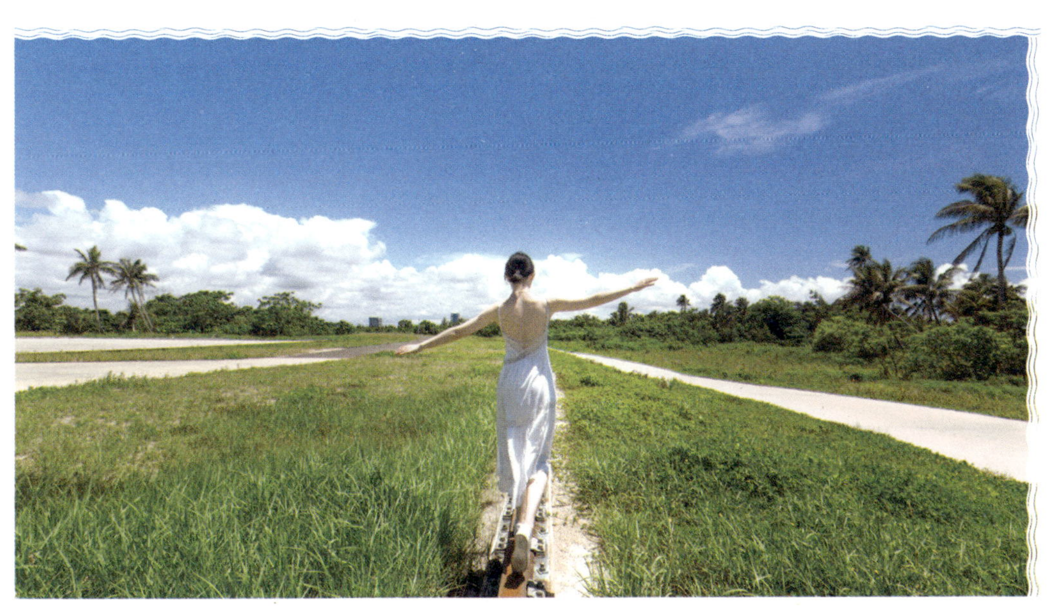

夏雪在这个她之前从来没来过的海边小镇一住就是三天。她不要我管她，每天除了睡觉，就是一个人静静地坐在海边，望着远方。望到后来我每次想起找她，都觉得她是不是石化了。

她当然没有石化，如前所述，她是在用她的方式，从自然中汲取她要的力量，净化她想过滤的渣子。

我有时候会在海边陪着她坐到很晚。龙楼的海，在夜深人静的时刻，真的是非常空旷。幽深的海，仿佛变成了另外一个世界的存在。而那种无边无际的宁静与辽阔，真的是可以将一个人的身体和心灵都彻底清涤干净的。

那也是一种力量的重生。

我依然毫不怀疑且偏执地认为，那种精神和力量的重生，一定要从城市和尘世中脱身，要走到西藏的雪山，云南的古城，海南的海边等，一切还未被现代文明完全扫掠过的自然的边界，才能找到，人才能幡然醒悟。

那是我们心中的桃花源，我们需要回来。

三天后，夏雪告诉我她要回去了。

送她上飞机的时候，我问她："想好了吗？"

夏雪点点头，用一句话回答了我："除了生死，都是小事。"

飞机临起飞前，我接到了她发给我的信息，她写的是：我在海边明白了一个道理，情感独立意味着，人生不在外部世界求幸福，而是在内心深处学会最大的宽容和接纳，学会更好地去爱与付出。

感谢龙楼之行。

29

人人心中的双城记

这两座城池，一直横亘在我们心里，没有高下，只有左右。

龍樓

先说几个故事前奏。

有一个徐姓河北朋友，年纪不大，刚过四十不惑，但事业一直做得风生水起。

我们认识很多年了，知道他是白手起家，也知道他当年并没有接受过很高深的高等教育，能够在一无背景二无资源的状况下将自己的事业做成今天这样，靠的完全就是为人处事的厚道与勤勉。

他是做终端连锁超市的。从河北二三线城市起家，围绕跟随着城市的快速发展，十几年来，也从小店做到旗下好几个几万平方米的大型连锁，员工人数也快速增长到乌泱泱的几大千人，现金流充裕，看上去家大业大的模样，一派事业有成人生快到高峰的和美风光。

可是，最熟悉他的朋友是知道的，他是有焦虑的。

世道变化太快，十年前个个房地产商还在唱着“一铺养三代”的人生投资哲学，现如今已被“外星人”马云的淘宝经济冲击得落花流水。互联网开始毫不留情地改变着我们的生活模式和商业生存

法则。

是实体店死，还是风云过后网络店会亡，这是个连王健林都未能与马云赌出胜负的对赌，做实体经营多年的徐姓朋友也得不出正确的结论。当然，也得不出自己未来产业发展的明确方向。

中国变化太快，快到当我们想遵守老祖宗世世辈辈留下的做人做事的传统品德时，我们却看不清出口和方向了。

对于徐姓朋友来说，企业家盛名之下的，是在风雨飘摇的大商业环境下独力撑起企业的一份心力焦灼。

当他要给予员工和企业源源不断抗风险能力的同时，他的抗压力量又从何而来？！

所以我了解他的这些年，闲暇时间他最喜欢做的一件事情，就是找一个风景优美、无人打扰的地方去睡觉。当然，随身也会一直带着他的那本从不离身的《道德经》。

我特别明白，能放下工作好好睡一觉，那就是他休整和放松的一种方式。他比他的员工们更需要内心力量的增补。

因为是好朋友，他去过我写过的很多地方，他去的目的只有一个，就是一个人静静地睡几天觉。只要能让他睡好觉的地方，他都认为是好地方。

这样，他就一路睡到了龙楼。

第二个朋友，也是一位事业成功人士，他的公司在北京一直发展良好，前途明朗，家庭也稳定而幸福。但命运又是不公平的，它总是不会把所有的美好生活赋予一个人。时年五十六岁的他，在一次例行体检中被发现肝硬化病症，不用医生给

诊断，稍有医学常识的人都知道，这个病再进一步的可能性是什么。

除了停止工作、积极治疗外，还得培养彻底改变现状的生活方式啊。他和家人首先想到的就是要搬到一个空气更干净的地方去生活，去休养生息。

这样，寻寻觅觅，他最后也来到了龙楼。

最后一个朋友是贵州人，在政府部门工作，工作了很多年，按部就班，努力勤恳，有踏实的心安，也有压抑的忧郁，好在，在仕途上不争不抢的他，四十多岁的中年也算熬到了副厅级。

本以为人生会就此稳步到退休的节点。突然，命运把一个重大的改变机会放在了他面前，让一向内心淡定的他也踌躇不决起来。

原来，一家著名的上市集团在布局整个大西南产业的时候，委托猎头公司多方筛选，最后竟然选定他来做区域老总，并开出了将近五百万的高额年薪。

这几乎看得见的机会和巨款，将早已在官场上练得处变不惊的他瞬间砸蒙了。一边是努力得来的稳定仕途，和不惊不躁的生活，另一边是一年就几乎能挣够一生的工资待遇，和另一种未知人生的诱惑，何去何从？他不知道，他也不敢轻易

决策。

太考验人的选择了。

所以，他在趁一次出差机会到海南的时候，也到了龙楼。

他是来换一个地方思考人生向左还是依然向右的重大抉择的。

没错，三位都是我的朋友，也可以说都是因我而走到龙楼的。

三个人，一个来睡觉思考企业，一个来休养恢复健康，另一个是来想想自己到底要下海还是继续在岸上。

和前文的夏雪一样，他们因我而来，但他们也并不是完全因为我的原因而最终来到龙楼。

我后来找到更准确的答案了。

他们都是来寻找属于他们内心的另一座城的。

这样说吧，英国作家狄更斯的著名小说《双城记》，在这样的时代里，我们阴差阳错地就赋予了这个书名另一个层面的意思和定义了。

在我们的生命层面上，当在固定生活的城市里，物质生活能满足最基本的需求后，我们始终在找寻精神伊甸园的另一座城池。

也就是毛姆笔下的《月亮和六便士》。

是我们放不下的桃花源和离不开的名利场。

或者这样说吧，我们大多数人自生下来，就被抛到这个充满竞争的社会旋涡里努力奋进，遍尝各种悲欢离合跌宕起伏，当年岁渐长，财富日增，负累也渐重时，用一句流行的话来说，我们终于有一定能力在处理完人与物、人与人的关系之

后，开始迫切想处理人与内心的关系了。

也就像白岩松说的，到了一定时候，我们就不愿意再轻易用时间去换取利益，只希望在能解答内心困惑的同时，换取身体的舒服，和生命应有的状态。

生命应有的状态是什么？就是放下一切，和真正的大自然融合在一起。让自己的每一个细胞都能在自己找到的桃花源中更新一遍，重新生长，把自以为想明白了的过往人生，用新的细胞和身体血液再想一遍，也许想着想着，便能再活一次了。

原来我们每个人的内心里，都是少不了这两座城的。一手都市，一手隐世。

这两座城池，一直横亘在我们心里，没有高下，只有左右。

缺了这座城，人生不平衡，舍了那座城，精神就空白。

所以我们需要不停游走在我们的名利场和我们的桃花源之间。

所以我们需要像龙楼这样有更多自然山水，和更透亮的阳光照耀的地方。

龙楼就是我们此刻正好找寻到的隐世大自然。

我不敢说龙楼就是一尘不染的桃花源，但至少，对于从另一个名利场瞬息逃逸而来的人来说，它就是足够我们身心栖息并修复的伊甸园。

所以，我们就是这样走到了龙楼。从我们的那一座城来到了心中的另一座城。

我们的北上广深
我们的冈仁波齐

以下观点来自我读到的一篇文章。

当我们正在热烈探讨北上广深这些中国定义的一线大都市的房价还能涨到多高，环路有多堵，正常家庭生不生得起二胎，还供不供得起二胎的名校择校费，还在纠结城里的天不够蓝，爱情友情和亲情却越来越淡漠的时候，一部小众类的文艺电影《冈仁波齐》却意外地火了。

这部和普通人生活毫无关系的电影，却霸占了普通人的朋友圈。11 位藏民历经九九八十一难穿越 2500 公里磕长头朝圣，没有发展生产力，没有获取功名利禄，更没有解决住房升学的困扰，本来不该出现在普通人的溢美之词里，却在这个夏天，用藏民们对一座神山的向往和身体力行，激荡了我们在一线都市里炎热的心。

往前翻普通人的朋友圈，还是马云的励志、王兴的边界和共享经济时代如何掘金的名利场秘籍，可这一次，他们对着那些天外来客仍然称道并向往，说 every step counts（每一步都算数）。

这成了一个现象。一部讲述和我们的北上广深的生活状态相差十万八千里的藏民们，用一年时间，一步一磕头朝圣之路的经历的电影，为什么会用这么一种强烈的方式，走到我们的生活中来？

北上广深，冈仁波齐，风马牛不相及。

但是再想想我在前面解释的《双城记》新意，还有毛姆的《月亮与六便士》，便又不觉得奇怪了。

事实上我们所有人心里也许一直潜意识住着两个榜样类的人物，一个大概是马云，另一个会是星云。

我们一面希望自己在名利场上如马

云般迅速致富，一面又希望能像星云大师一般隐居桃花源里通透人生百态。这是我们的鱼和熊掌，往往不可兼得，却始终以左右逢源的姿态在我们内心实现自我平衡，就像人生的A面和B面，必须同时存在又相互矛盾对立。

我们在名利场获取到我们想要的财富声望的同时，又会不自禁地鄙视它疯狂吞噬了我们内心的清高淡定，而当我们转身逃离，桃花源的空旷寂寞往往又让我们坚守不住那份孤独的信仰。

所以我们住在让我们沦陷的都市，仰望着藏民们朝圣着神山。他们的冈仁波齐，唤醒了我们在日新月异的新经济时代的每一个人心中的桃花源记。

我们的诗和远方。

名利场没有不好，桃花源也是需要。精神归属地不是阶层，没有理由去固化它。而我认为的自由真正的意义，就是在有一天，无论是经济上还是精神上，都有能力和有心力在双城之间获得签证豁免权，去哪一座城都可以说走就走，有勇气，也有底气。

自由不是放弃现实投奔理想，自由也不是清守理想抛弃现实，自由是现实和理想，从身体到心灵，都可以按需来取，来去自由。

眼前的苟且与远方的诗歌，都是我们避免不了的生活。

所以我们需要北上广深，需要冈仁波齐，也需要从北京的城里到此刻龙楼的村里。

过另一种生活。从此停住脚步。
龙楼山庄客栈
30
招募令

那天，我躺在云卷云舒椰林下的沙滩椅上，海风吹来，阳光照耀，忽然，一阵温暖的偷得浮生半日闲，又现世安稳岁月静好的情绪涌上心怀。

我们要的，不过是如此而已，我们为之努力奋斗的，不过是眼前干净的雨露空气。那我们有没有可能改变一下已经有些“乱糟糟”的前半生，将后面的岁月换一种活法呢。

比如来龙楼。

比如就这样，什么也不用想地躺在一处客栈的门前。

这样，我就诗情画意地在手机朋友圈里发了这样一段文字。

如果来到龙楼，

造一处客栈。

在我的梦想里，所谓客栈，也就是人生停顿的一处驿站，就是用来休息的。

那么我的生活可以变成这样。

在客厅楼下的影映室看了半个通宵的怀旧老电影后，早晨醒来心满意足想的第一件事就是，在海边有了一个属于自己的像家一样的客栈，每天等待着第一缕阳光从琼东第一峰铜鼓岭上升起来的时候，面朝着大海和蓝天白云，在四面看海的三楼的玻璃阳光房里先做一个海景 SPA，让全身细胞复活并通透。再沿着淇水湾八公里海岸栈道跑一段步，从铺满细碎小花的

椰林深处的乡间路道回到海边村。吃一顿自己亲手做的渔民们刚打捞回来的海鲜午餐，然后，再在客栈旁的椰子树吊床上，手拿《道德经》，似看非看。半梦半醒昏昏欲睡地发一下午呆后，忽然梦醒，惊觉半生已过，却云卷云舒，尚未留一半爱。面海思过，不如起床，换装，进村，约上三五村民镇友，在厚德村的龙楼羽毛球馆和朋友们杀伐果断地打一场球，酣畅淋漓地挥汗如雨，如放下了人生现场的另一场搏杀。便再次懂得，无论输赢，皆是人生。而人生，得过且过也是一种过法。幸好，此地阳光依然温热，村庄依然眼前，而我的客栈，在山海天之间。我还在心间，未曾丢失。

在别处被麻木和沉陷的另一种激情与态度，就是这样，被再次唤醒，重新找回。

这就是我向往和期待的未来龙楼生活。造我的客栈，放我的人生，与山比邻、与海亲密、与天仰视的幸福的生活。

这里，也是可以和天地宇宙握手对话的龙楼卫星发射地。

更是我们的诗和远方。

梦想太好，发完朋友圈后，好几个朋友直接打来电话问我：“你在拉仇恨吗？那是人过的日子吗？是神仙过的吧？”

我尴尬地干笑笑。

然后他们又说：“不过你要是真的去造客栈，记得通知我们一起去，我们也要去龙楼过过神仙一样的生活。”

有道理。

再去龙楼时，我就叫上了几个和我一样有着强烈“不切实际”想法的朋友，

到龙楼去筑梦。

海边村当然不用说了，那是人见人爱的地方，然后我们又去了铜鼓岭山脚下的山桃村和桃源村。桃源村，就凭这个名字和一大片绿油油的稻田与围裹着它的茂密椰林就征服了我们，而山桃村，在这个有着浓郁本地生活气息的村庄的村口，我们惊喜地发现了两棵特别特别古老的大树，并列成长了几十上百年后，从中部开始，两棵相偎相依的树相互缠绕着，交融着，直到变成你中有我、我中有你，从两棵树变成一棵伸向天空的大树，再也分不开。

毫无疑问，这样有灵性的地方就是我们要找的落脚点。海边，山下，稻田，村庄与大树，就是我们的客栈的家。

我们要在龙楼最美的地方造山下农庄和海边客栈。

我们无限遐想地想入非非，想到感觉这一片稻谷海浪和古树椰林都已经是我们的了。

梦想能实现吗？当然，找到最正确的方向后，只要你给一个理由此刻就动身去龙楼，再花点心思，就一定能找到我们共同梦想的山庄和客栈。

过另一种生活。

从此停住脚步。

当你来时，我也许正和朋友们在那里，正在努力实现着我的一半名利场奋斗，一半桃花源发呆，“留一半爱”给自己的最真实的梦想。

我们的客栈 我们的梦

那天，我们四个自称美女的“中年少女”坐在祝影的“云卷云舒”客厅里，开始遥想我们每一个人的客栈梦。

我们四个，祝影就不说了，为爱走天涯，两人三餐四季一客栈，活成了我们对美好爱情信任和向往的楷模。我呢，长期游走在北京和海南之间，专业“南下北上”。另外两位美女，一位王姐，一直在文昌经营酒店；另一位马侠，也真和她的名字一样，行事为人颇有“侠”之风，原本在内陆开旅行社的她，开得好好的，突然倦了，突然觉得自己应该来海边生活了，说变就变，立刻卖了老家安徽的房子，来文昌工作定居了。海边那么多，为什么是文昌？很简单，“文昌有卫星发射啊，发展无可限量”。

马侠结结实实地回答我们。

好了，说回来我们当天的议题，好像每一个女人心里都会有一个客栈梦，那是关于我们对生活与梦想的终极追求，也是结结实实的。

好了，我带来的好消息是，鲁能的

南洋美丽汇商业体里，有无数个客栈梦可以让我们去实现。

所以那天下午，我们四个，顶着烈日骄阳，兴致勃勃地在尚未竣工的美丽汇街道“捷足先登”，把那些正在完善着的看山、看海、看椰林、看田野的客栈房间走了个遍，把融合在南洋风情里的另一种亭台楼阁美美地穿行了一次，也尽情想象了一下：如果这一片客栈是我在开，我该怎样经营，怎样“客来客往，梦想留存”？！

呵，想象太美好，现实更是美好得触手可及。

前面的“龙楼山庄客栈招募令”，就这么轻易地要实现了吗？！我睁大了眼睛，终于又一次相信了马爸爸的那句话：梦想真的还是要有的，万一实现了呢？！

图说龙楼
如影随形的你
——写给故乡的龙

人总是矫情，鱼和熊掌，最好都要有，
而我比常人，更矫情一些，
什么都不要有，最好，
只要睁开眼睛还能看见你站在我前方，
在熟悉的家乡，在村庄尽头，什么话也不说。
什么都在，就足够好。

我们的田野和村庄

回到我已经认不出的故乡，
看见那条有人跳着皮筋的田间小路，
和正在等待拆迁的老房子，
寻找曾经的村庄里我儿时玩伴的身影。

我和世界之间
还有你

而我想再和你一起回到海与天之间，回到家乡，
听一首老歌，看一场尘封的电影，
让我在钢筋水泥的城市里，
不再迷失于觥筹交错的夜晚。
和年少闺蜜挥霍的童年才叫时光，
放不下的情怀，那是乡愁。

我们的蓝天和大海

海岸线，不变的落日霞光，
一尘不染的天，没有尽头的海，
礁石上长出白色的云朵，海浪带走细沙，
就这样拂过我们嬉戏的脚踝。

我们的山岭和礁石

再爬上铜鼓岭，
看海浪拍打礁石，
旷日持久的风吹日晒，
在最天真无邪的岁月，有我们青涩而牢固的记忆。

人们说海誓山盟，人们说天涯海角，
在誓言被说出来的时候，
我知道那都是真的。
而我们，只有来到了这里，
有海，有山，有巨石，有险滩。
才知道，这不是回头，这是回去的另一个开始。

我们的过去和现在

你和家乡都没有变，
就像换了一个又一个手机，
却删不掉的那张旧照片，
上面的你，在儿时封存的背景里笑得依然灿烂。
小的时候，这里还没有宽阔的大马路，
我们约好在村里椰子树池塘边一起去上学，
你从村庄的那头走来，我在这边等你，
小女孩的童年友情，也可以根深蒂固这么久远。
就像海平面，永远升起的亮光，
就像石头滩，永远找得到的石头缝。
就像此刻，你和家乡所有的回忆，都涌现在眼前。

走出去的九〇后，有未来，也有了过往，
而回忆，如童年牵手长大的玩伴，
如深刻心中那缕故乡的相思，
如影随形，永远都在。

我们的航天和未来
我以为自己已经被城市锤炼得坚不可摧，不再柔软，
直到我回到这里。
看到星辰大海，看到卫星发射。
看到日新月异的家乡，和在家乡坚守的你。
从来就没有什么遥不可及，
从一穷二白，到震惊世界。
所有的奇迹和梦想，原来都可以从这里放飞。

编外篇

一步天涯 咫尺梦想

有些事情，是真的不能错过和犹豫的。

也许，我愿意用这样一个既遗憾又欣慰的真实故事，来完结我这次关于文昌龙楼和卫星发射的全景游记。

2017年的6月中旬，我在北京，在首都机场附近的临港生活区中粮祥云小镇，和刚下飞机的一位朋友，隔着星巴克临街的玻璃窗，一边喝咖啡，一边聊起我无数次的龙楼之行。

“还要去吗？”

朋友是位年长的大哥，我叫他乔老师，是一家世界著名外企的高管，真正的海归金融业精英。看过前文的读者也许还能记得，我写过的“醉酒顺发地”的那位来龙楼与我相聚的朋友。

他问我。

“当然要！”我兴致勃勃，“马上又一颗‘胖五’要发射了，乔老师有没有兴趣和我一起去看啊？”

我热情地发出了邀请。

可以毫不夸张地说，自从认识龙楼，看见卫星，每一次火箭发射的新闻报道和预告，我都开始觉得离我如此之近，如此真切地与我的生活息息相关。

而且我真的毫不夸张，每一次走进龙楼现场，在那样的海边之夜，和所有认识不认识，却都是为此云集而来的人们一起，身临其境去观看和欢呼卫星腾空的刹那，是真的可以让人的内心瞬间净化和激情起来的。

在这样的时代，我们总是需要有一些类似这样的时刻，来刺激和奉献给我们久已麻木的灵魂的。

我深受其感，并乐此不疲把这种感受传递给每一个我认识的朋友。

包括乔老师。

所以他会笑着问我还会不会再去。他当然知道我会再去。

“其实，也许我才是最应该去看卫星发射的人。”乔老师突然说道，“我是学航天的，我并不是学金融的。当年在美国博士毕业，如果不是一念犹豫，命运的阴差阳错，也许，我现在就是我们国家卫星的设计和参与者。那些卫星火箭飞天的时候，我应该在发射中心现场，我不会是现在的华尔街职场海归。”

乔老师一口气说完的这番话让我震惊了。我完全想不到，我认识了几年的好朋友，众人眼里数一数二的银行风险控制专家，金融海归精英，竟然会是错过机缘的卫星研发设计者。

我看着乔老师，无法相信，到底是怎样的错过，才会铸成人生这么大的偏差？！

在我的追问下，乔老师告诉了我他的故事。

一点没错，乔老师是毕业于美国著

名学府、麻省理工学院航空航天专业的博士。而且，他是我们国家当年第一批正式公派出国的留学生。

那是1982年，乔老师刚从上海交大毕业，就幸运地考上了七机部，也就是航天部代招的出国留学研究生，进入卫星研究的核心单位学习。按照计划，他们这批公派留学生1984年顺利去到美国学习深造。当时，出去学航天专业的，就是两个人，乔老师和另外一个留学生。

那是百废待兴的年代，航天技术一样如此。也由此，乔老师他们这批公派留学生才如此珍贵而被器重。他们真正是肩负着国家的期望漂洋过海求学去的。

他们在国内时，都是最好的优等生。

到美国后，乔老师先是在华盛顿大学学了三年数学，顺利拿到硕士学位后，他又考入麻省理工读航天博士。所有人都知道，麻省理工是航空航天专业领域的最高学府。那个时候的乔老师很自豪。也因为有公派留学的全额奖学金作支撑，他比其他留学生有更多学习和钻研的时间。那个时候的乔老师想的是，努力读书，学习技术，衣锦还乡，报效祖国。

他从出来的那一天起，就从来没有怀疑过自己要回国去这样的一个事实。

但命运真的出了偏差。

毕业那年，是1991年，对于大多数国人来说，那是一个特别的年月。有些过去了的事仍存留在很多举棋未定的海外学子心中。

乔老师拿不定主意了。身边有很多人留下来不走了。也有自国内而来的一些人的言论让人辨不清真相。

拿不定主意的乔老师决定给国内的导师写封信，他想听听最信任的老师的意见。如果老师让他回去，他会毫不犹豫选择回归。

乔老师给导师写了一封长信。但奇怪的是，他一直没有收到导师只言片语的回复。

一直没有等到回信。

说起这段人生往事的时候，乔老师百思不得其解的就是，那封未得到回复的信。

那封没有回复的信改变了乔老师的一生。在他去留未定、对未来迷茫的关键时刻，始终未能有勇气迈出重要的一步。

而且，那封信成了永久的谜。

乔老师存了疑团，没有勇气回来，过了几年，却听闻导师在国内突发脑出血去世的消息。

那个未解的答案，一生都不能再得到了。

事过很多年后，乔老师每每想起那封改变了他命运的信，想了又想，结论只有两个：要么，就是导师没能收到那封信，要么，就是收到了，导师用沉默来让他自己决定人生的选择。

无论是哪一种原因，乔老师后来都明白了，所有的偏差，都是自己的犹豫决

定的命运。

留在美国的乔老师当时因为未入籍，是很难有机会进入美国的航天部门工作的，他只能转行，在一家通信公司工作几年后，恰逢美国金融投行业的蓬勃发展，精通数学理论的乔老师顺利进入银行业，成为人们羡慕的华尔街精英。

乔老师做遍了纽约哈德逊河旁的世界最顶尖银行业的高管，十几年来，每天的工作都是在和形形色色庞大的银行数字打交道。在那一栋栋高耸入云的写字楼里，一键之间，似乎掌控着世界经济的命脉，颇有成就感的同时，偶尔想起青年时期深埋在心中的那份报国梦想，久愈而麻木的痛点便会涌满全身，让他觉得人生不可预测。

如果，如果有那封回信，如果不是那份犹豫，也许，乔老师现在敲下的键盘应该是另一份指令吧。

他应该是设计航天卫星的科学家。

是可以学以致用报效祖国享有荣耀的学子。

那才是他人生的梦想。

话少年，却把家国弃了，异乡来游。

一去未回。

终于，人近五十的时候，乔老师决定回国。

也是因为这些年中国太大太大的变化吧，那一年，当北京申奥成功时，不知道有多少海外游子热血沸腾激情澎湃。如果祖国这个名词需要量化和具象的体现，这样的时刻，就毫无疑问能证明我们的热爱。

而作为一个航天专业的业外人士，

这些年来，从来不曾放弃关注国内航天技术发展的乔老师，也清晰地看到了祖国航天科研的飞速进步。

在这一块领域，中国从来不曾落后于世界。

自豪的同时，乔老师更多的是自愧。

回国后的乔老师继续在著名外企从事他熟悉的金融业。祖国已近，然而，梦想已远。当新闻里，一颗颗卫星升起，一片片欢呼声起，所有的欣慰和喜悦中，总有乔老师深藏的失落。

所以，那次在龙楼顺发海边大排档，他会一醉方休。

那片海边大排档，直视龙楼卫星发射那两座高耸的塔架。清晰入目。

那是比近乡情更怯更让人伤感的一生的错过！

但是人生不可能重新来过。

真的是一封未到的回信改变了一个人的一生吗？！

一步天涯。

梦想咫尺错过。

听完乔老师的故事，无限唏嘘和感慨。感慨之下，我边开玩笑边安慰道："乔老师，好在无论你回没回来，我们的卫星都上天了！我们不需要依靠美国培养出来的航天专家，也能研制发射出最高水平的

火箭卫星。”话音刚落，我就尴尬了，这样说话，不是更刺激我的朋友了吗？

我歉意地笑笑，乔老师也笑着轻轻拍了拍我的肩膀：“你说的是事实。”

我想打消尴尬：“乔老师，那如果以你专业的角度来看，中国的航天技术现在在世界处于什么样的地位啊？”

“领先。和世界大国不相上下。在理论基础的研究上，中国还真的领先其他国家。”乔老师毫不犹豫地回答我。

“那我们去看发射吧。”我再一次诚恳地发出邀请。我无比真诚地对我这位离人生理想一步之遥的朋友再次发出邀请，“乔老师，再没有人比你更应该去到那样的现场，去看卫星升空了。”

“那是我们的卫星。”我强调，“那也是你的梦想。”

乔老师看着窗外。中粮小镇星巴克的橱窗外，天空开始下起了雨，雨滴打在窗玻璃上，迷蒙了视线。为什么我看见乔老师看向窗外的双眼也迷蒙了？

“让我想想。”乔老师说。

“好的。”我点点头，“那我们就约龙楼海边的沙滩，7月2号，不见不散。”

“去看见我们祖国的卫星升空。去亲眼验证你曾经的梦想变成现实。”

我还是忍不住又说了。

“乔老师，一定要来龙楼。要来到现场，你才能离梦想更近，看见曾经的同伴们实现了你的理想之梦，才能真真切切地感受到祖国的强大。”

一步天涯错过
咫尺梦想眼前

2017年，7月2号，海南文昌，龙楼海边。

第二颗“胖五”蓄势待发，在夜空下静默又神圣。

海边，拥有28公里海岸线的龙楼再次燃烧，人群激昂又沸腾。所有官方的或是民间的最佳观测点，都挤满了等待再次震撼的人们。

我在海边村，还是在渔夫之家二楼的平台上。我拍下可以看得见的远处卫星倒数时刻的壮观影像，发给了几天未有音讯的乔老师，我相信他一定能明白我这张照片发出去的定位呼唤。

手机沉默了十几分钟后，我收到了“滴答”的回复声，乔老师用一张正在直播的电视截屏图像，回答了我的呼唤。

他没有来。

依然情怯。

然而，在那一瞬间，我忽然特别能够明白并懂得了人生的遗憾和不可重来，还有生命的无可奈何。

有些事情，是真的不能错过和犹豫的。

我放下手机，时间指到七点一刻，“胖五”在夜色降临的海边腾空而起，划过长长的天际，欢呼声和尖叫声立刻响遍整个龙楼的海岸线。

我们所有人都顺着卫星划过的天际望向天空，看见那团耀眼的光芒再次点亮龙楼的全世界，点亮我们所有人的面庞和心灵，我们已经迫不及待在手机朋友圈发各种各样现场卫星升空的精彩照片的时候，突然，一个不好的消息传过来，升空后卫星脱离火箭，偏离轨道，本次发射未能完成。

所有人都傻了。

我只有在刚发给乔老师的卫星升空的现场视频后面又发了一句话："失败了！"后面跟了一串难过和沮丧的表情图。

乔老师很快用语音回了过来："不要难过，成功和失败都是很正常的必须经过的过程，这些都是需要一步步去探索和解决的技术难题。而且我看见电视屏幕上所有指挥中心的科研人员们都非常镇定，相信他们有足够强大的力量和精神来承受一切，这很重要。"

"信心还在，梦想就在。"

此时此刻，我突然明白了，乔老师是在用他内心始终潜存的一个真正航天科学家最坚韧的精神，代表那些在指挥中心沉默却镇定的所有卫星设计者们，说出了他们的心声。

事实是，面对困难和失败，他们比我们坚强很多倍，他们更比我们勇敢很多倍。

这才是我们真正的航天精神。

这一时刻，我想我才真正懂得乔老师的初心，懂得他错过的一生，和不曾错过的永远的梦想。

那正是无论走遍天涯海角，却始终是所有航天人关于祖国强大起来的最真切的梦想。

三天后，乔老师又给我发来一段新闻，看完后，我流泪了。我把原文放在这里，以此，向所有为梦想坚持不懈探索并创造奇迹的科学家们致敬。

坚强的“中国星”

本文来源：新华社、中国航天科技集团五院通信卫星事业部

这是一颗名叫“中星9A”的国产卫星。2017年6月19日，中国在西昌卫星发射中心由长征三号乙运载火箭发射中星9A卫星，如果成功入轨，将成为我国首次覆盖南海海域的国产直播卫星。

然而，卫星刚随火箭飞出地球不久，就因火箭出现异常，被遗落在距地面1.6万公里的太空中，而它离预定轨道的高度还差2万多公里。

用一句通俗的话来说，这颗卫星刚飞出地球后不久,就被遗落在“半路”上了。

而未能入轨，对于负责中星9A的科研人员无疑是一个不小的打击。一位工作人员事后回忆说，当时，西昌卫星发射中心指控大厅现场气氛特别凝重，航天科技集团五院通信卫星事业部部长周志成和中星9A卫星总指挥兼总设计师魏强在稳定现场工作人员情绪后，组织大家持续进行卫星数据判读。

这时，一个积极的信号鼓舞了所有人。卫星太阳帆板和天线顺利展开，工况正常，而且卫星上的一个关键设备——地球敏感器可以正常使用。这意味着，地面的工作人员能够靠它确定卫星的姿态和相对于地球的位置，并依靠卫星自身的推进器点火来完成变轨。

在航天科技集团五院飞控试验队和西安卫星测控中心的密切配合下，中星9A开始了“徒步”长征。

卫星动用自身的燃料在近地点点火抬升到远地点就算自救成功。因为一般通信卫星为了保证能正常工作十几年，携带

了大量燃料，卫星可以使用这些燃料，来完成三级火箭“未竟的事业”。而事实上，中星 9A 也是这么做的。

负责中星 9A 飞控的试验队队员连续作战，把每公斤推进剂都抠得恰到好处。最终，通过连续作战，在发射后的第 16 天，卫星于 7 月 5 日成功定点于东经 101.4° 赤道上空的预定轨道。目前，卫星各系统工作正常，转发器已开通，后续将按计划开展在轨测试工作。

根据专家审查意见，长征三号乙遥二十八火箭问题定位于三级滑行段姿控发动机滚动控制的推力器出现异常，目前已完成技术归零和举一反三工作。

16 天，10 次变轨，独自爬上 3.6 万公里轨道，中星 9A 超出所有人的预料，完成了不可能完成的定轨任务。

这是一个不可思议的奇迹。

从等待发射时的紧张和期待，到遇到问题时的沮丧和不安，再到卫星一步一步向上攀爬成功后的喜悦与激动，这对整个中星 9A 研制团队来说是一次永生难忘的经历。短短十余天，飞控试验队在关键时候凝神聚力，助力中星 9A 卫星到达预定轨道并成功定点，创造了奇迹。

至此，唯有向中星 9A 致敬！向中国卫星致敬！

向所有的中国卫星人致敬！

后记
我和世界之间
还有你
感谢龙楼。感谢龙楼让我知道，任何时候，我和世界之间，还有爱，还有你。

还是用时间凝固的每个事件，来记录在龙楼这近一年来生命际遇带给我的感受吧。

第一个事件，写给失落的卫星。

2017 年 7 月 2 日后的那几天，我的情绪其实是很低落的。那颗万众期待的“胖五”，我们国家的第二颗大型卫星，龙楼人那个夏天最重视的一件事，因为技术原因，火箭升空后二级分离出现问题，卫星脱离既定轨道，飘向了宇宙不知名的某个深处。发射失败。

这次，是我在龙楼现场观看卫星发射的第三次。前两次都如愿成功。包括去年 11 月的第一颗“胖五”，纵然过程扣人心弦，经历了漫长的推迟与等待，但结果依然是鼓舞人心的。

但这一次……

和我同样沮丧的还有第一次跟我来看卫星发射的河北的那位好朋友。因为我的一句“走，一起去龙楼看卫星”，平常行为做事都是缜密计划按部就班的他，终于来了一次说走就走的旅行。而且，他的这次出行让人更惊讶和佩服的是，卫星发

早的航班飞回去。

可见，能够顺利看到这次的卫星发射成功，对他有多重要。他比所有人都更希望带着一个美好的结果回家，给妻子，给即将出生的孩子一份同样美好的心愿和祝福。

可是，当所有人的欢呼声还未落地，我们得到的却是让人失落的消息。

那两天，我闷闷不乐，为卫星，也为随我而来的好朋友。

朋友走了。那天，我在海口，坐在海口朋友的车上，接到回到家后的那位朋友发来的语音留言和图片。他正打着石膏守在医院陪着妻子，他忧郁地说，是不是他运气不好，所以这一次的行程才会有这么多的波折和不如意之处。

听得出来，他的语气中充满了深深

射前两天，他在海边礁石上玩的时候，不慎摔伤了胳膊和肩膀，虽然不影响走路，但也是疼痛难忍。但为了完成一次看卫星的心愿，他没有因为伤痛就赶回去治疗，他一直忍着。然后，摔伤后的第二天，家里怀孕的妻子因为羊水缺少，孕胎出现了一些异常，在和妻子家人紧急商量后，在通情达理的妻子的理解支持下，他安排好妻子住院观察和陪护的一切事宜后，决定坚持一天，看完卫星发射后就坐第二天最

的沮丧。

我理解，如果说看见卫星成功升空，是另一种意义上的“流星划过天际”时心想事成的许愿与祝福，谁又能想到会是这样的结果呢？！

我忍不住把朋友的沮丧和我的沮丧念叨了出来。

坐在前面的两位朋友都和河北那位朋友认识。坐在副驾驶的朋友笑了：“他怎么会这么小资和伤感啊？！”

而正在开车的朋友却认认真真地说道：“你告诉他，衡量一个男人是否成熟并有担当的最重要的一条标志，不是他能接受成功，而是他是否有勇气面对失败。对一个国家和民族，尤其如此。”

说得好！车正穿行在海边大道，我坐在后座，这一席话，真的让我猛然惊醒了。解开了我连日来的沮丧的症结。

我原封不动把这番话立刻发给了远方的朋友。

我相信，他会懂的。什么事情都一直一帆风顺，也不见得是一件好事，而学会接受失败的力量和勇气，才是让我们更好成长的动力。

错过了人生至尊梦想的乔老师都说了，梦想还在，信心就在。

我们每一个人都知道，无论经历多

少次失败，我们探索宇宙的航天梦想是永远不会熄灭的。

这就足够了。

当然，龙楼和龙楼的人们会比我们更坚信这一点。

在这块曾经诞生过一飞冲天遨游天际的美猴王的前缘注定之地，我宁可相信，卫星与火箭的升空，就是冥冥中上苍赋予它的另一种天命。

就是使命所然。

第二个事件，写给此刻的70后。

临走前一夜，我从海口又返回龙楼，舍近求远的这次返回，让我对这片喧嚣过后此刻寂静的土地又多了一份眷恋。

我想再回来一次，想再看看这里的海和天空，再看见它千百年来坚守的勇敢与坚强。

夜，希尔顿酒店暗色的大堂中海风穿透而过，不远处的海平面，在夏日的月光下被照亮，波光粼粼。而我的两位好朋友，两位正值四十不惑的70后，正在这样的夜的室外，难得有空下来的时间，凭海临风，说着他们的人生和理想。

他们都是七七年的，刚进四十，都属龙，处在四十而再立的人生又一个分界线。

他们一个是土生土长的文昌本地人，另一个，是来到龙楼已是半个龙楼人的外来建设者。

在这样的夜，无论外表多么刚强，工作中无论多么雷厉风行拼命的男人，都会顷刻柔软下来，在海天的夜色中，袒露一份他们并不为常人所知的温情心怀。

我听见了他们的对话。

四十岁的文昌本地人说，人生过半，他对生命看得很明白了。说到底，人就这几十年，不管生前有多荣耀，最后任谁也什么都带不走。

那么生而为人，生而为男人，又生而为一个有幸在自己家乡做建设的本地人，这一生，到底应该怎么过才有意义，才算不枉此生，不枉养育了自己的家乡？！

他接着说，老兄，你大我几天，是兄长，能在我的家乡和你有缘结识，并共同来建设这片山海天，我敬佩你们远道而来的这份奉献。但我们不会一直待在龙楼，有一天也都会离开这里。龙楼不是我们的。如果有一天我们离开后，我们想起曾经在这里的工作和战斗，想起我们共同的付出，做过的有意义的那些事，流过的汗和淌过的泪，和这片土地上日新月异的变化，我们一定会很欣慰的。

他伸出了一只手，另一只手举起了手中的酒杯。

另一位同龄四十的外来龙楼人，把手中的酒杯碰向自己的同伴，手握住了伸向他的那只手。两个男人用力地握手并碰杯。

他只说了一句话："我们一定会为我们生命中有过龙楼而骄傲的。"

在那样的时刻，他们的话真的很打动我。我相信并且确信这两个男人说出的每一个字的真实感。

我因此而读懂并看见正在承上启下，正在努力对这个社会的进程与发展，担起责任和使命感的那些中坚力量。

那是我们的希望。

更是整个民族的希望。

当我们父辈那个年代的人群开始离退，开始力不从心，开始被一些习惯了的规则和规律所拖累、禁锢，当更年轻的下一个年代的人群羽翼未丰，依旧处在探索辨别一个新的价值观世界观人生观的形成阶段时，唯有他们，成长和成熟得让我们刮目相看。他们的勇气和力量，在新旧交替的社会转换过程中，寻找到了属于他们的最正确的方向。这个年代的人群，在旧时代的感观下成长，在新时代的注视中奋进。他们处在时代的缝隙和空间中，用他们力所能及的能力，在改变和调整着我们曾经偏离的目光与心灵之船。

我确信，他们是有信仰的。

第三个事件，写给她和我的龙楼。

五月的某一天，我在北京，约了一个刚从国外休假回来的年轻女演员在新光喝咖啡。

我们是第一次见面。为了我的龙楼新书，我一直都在寻找那个气质神韵都能

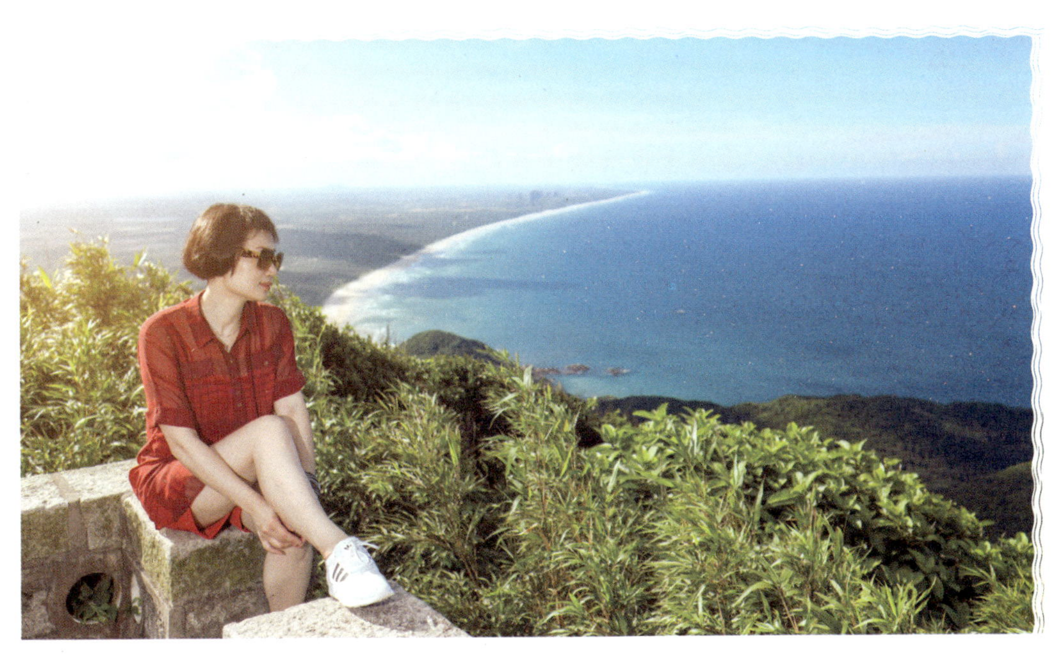

尽可能表现出龙楼人心中的龙楼的出镜女演员。

我此刻要见的，就是其中的候选人。

推荐的朋友说，美女之前一直出国休长假，你的运气很好，她刚休完长假回来。

非常漂亮的一个女孩，她出现在我面前的时候，就像阳光闪耀了一下。这是一个有着无可挑剔的五官、完美无缺的身材的美丽女孩。我看着她，心想，这样的年纪，上天又赐予了她这样的美貌，她就是命运的宠儿，是幸运儿。

但是，事实再一次证明，生活往往都是但是。

当我们坐在那里随意聊起美女去加拿大休假的这半年时，美丽的女孩突然说，其实去的时候，她并没有想到会活着回来。

我很惊异地望着她，听着她继续告诉我她的经历。

原来，在决定去加拿大之前，她和许多北漂在北京影视圈的演员们一样，摸爬滚打，晨昏颠倒，吃苦耐劳地拍戏出通告，承受了很多外人不知、光鲜亮丽的屏幕后面的辛苦和辛酸，却也因此积劳成疾，得了病。

她得的是子宫肌瘤。拍片结果显示，已有五厘米大。情况不乐观。但到底是良性还是恶性，医生说，需要切片后才能确诊。

对于一个才二十几岁，如花似玉，人生刚刚起步，还没有结婚没有生儿育女的年轻女孩来说，这无疑是晴天霹雳。

痛定思痛，这个坚强的女孩没有抱怨人生，也没有一蹶不振，却做了一个重要决定。她决定停止所有的工作，也停止治疗，不切片，不要任何结果，去远行。去自己想去却一直没有时间去的国家。去一个完全陌生的地方，体验一下完全不同的生活状态。

这样，她来到了温哥华的远房姨妈家借住。

离开北京的时候她在想，如果生命就此截止了，那也要给自己放一次假，最后看看这个世界的美好。

在温哥华的日子里，她改变了以前做演员时的各种不规律的生活习惯，每天早睡早起，沿着海岸线跑步，迎着阳光凝神静气做瑜伽。还开始睡午觉，起来后再去学插花和陶艺，学烹饪厨艺。学会感受太阳的每一缕温暖，和花草的每一丝颤动。日子在这样正常的慢节奏中，变得越来越简单地美好起来。

然后，奇迹发生了。六个月后，感觉越来越好的她再去医院复查时，那个五厘米大的子宫肌瘤竟然消失了。无影无踪。

“是阳光大海和简单正确的生活拯救了我。”美丽的女孩眼里闪着泪花说。

我握着她的手，百感交集，感同身受。

我告诉她，我也和她有类似的经历，

一样面临过另一种病情莫测的诊断书和生命的困惑。只不过，拯救我的是龙楼。

命运指引我走到了龙楼，我呼吸到了更新鲜的空气。我看见大海，看见蓝天，我跑步，打球，做瑜伽和按摩。我学会放下一切，并尽量让自己轻松起来，身体和心灵不再负累。

这样的生活让我学会放空并清洁一切身心的污垢。然后，很奇妙的是，我也好了。

所以，真的是龙楼拯救了我。

所以，我一点都不怀疑眼前历经了生死界线的年轻女孩告诉我的她的奇迹。

因为我的龙楼，也给了我同样的奇迹。

感谢龙楼。

感谢龙楼让我知道，任何时候，我和世界之间，还有爱，还有你。

感谢这一年里每一个和龙楼有关的日子，感谢让我看见卫星划过天际，看见可以许下无数美好心愿的那片神奇的土地。

龍樓
只有一个
龙楼镇
Feel the satellite with me
in Longlou